개와

살기

시작했다

개와 살기 시작했다

반려동물과 살면 알게 되는 것들

송주연 지음

낮

일러두기

- 책에 나오는 사연은 모두 당사자의 동의를 얻어, 개인정보가 드러나지 않
  게 각색한 것이다.
- 인간도 동물이기 때문에 인간을 제외한 동물들을 지칭할 땐 '비인간동물'
  로 표기하고, 비인간동물을 셀 때도 인간처럼 '명'을 썼다. 다만 '비인간동
  물'의 경우 문장의 간결함과 가독성을 위해 필요한 부분 외엔 '동물'로 표기
  했고, '마리'도 꼭 살려야 하는 곳에서는 그대로 두었다.

은이 눈에 비친 나

"은이야, '빠방' 타고 가자!"

차 타고 외출하는 걸 좋아하는 우리 은이는 이 말을 들으면 신이 나기 시작한다. 꼬리를 바싹 올려 세우고, 까만 눈을 더욱 반짝이면서 마치 빨리 외출 준비를 하라는 듯 나를 졸졸 따라다닌다. 옷이나 하네스를 입힐 때도 (평소와 달리) 스스로 앞발을 들어 주며 협조하고, 시력 보호용 모자를 씌우기 위해 머리나 귀를 만져도 싫은 내색을 하지 않는다. 이렇게 준비를 마치면, 외출용 가방에 쏙 들어가 내가 옷을 갈아입기를 기다린다. 내 준비가 늦어지기라도 하면 총총걸음으로 드레스룸에 들어와 빼꼼 얼굴을 내밀고는 얼른 가자고 재촉하기도 한다.

외출 준비를 마치고 차에 오르면 은이는 운전석 옆 좌

석에 설치된 반려견용 카시트(반려견 전용 유모차의 바구니 부분을 떼어내 카시트로 사용 중이다)에 안전띠를 착용하고 앉는다. 그러고는 얼굴을 내 방향으로 하고 유모차 바구니의 가장자리에 턱을 괸다. 차가 출발해 진동이 느껴지면 5분도 채 안 돼 스르르 눈이 감긴다. 그러면 나는 은이가 깰까 봐 라디오 볼륨을 줄이고 최대한 조심스럽고 부드럽게 차의 페달을 밟는다. 신호를 기다리느라 잠시 차를 세울 때면 그렇게 잠든 은이를 바라보곤 하는데, 그때마다 내 입가엔 미소가 절로 지어진다. 속으로 '아이고, 이쁜 내 새끼'를 연발하면서 말이다.

그날도 이런 절차를 밟아 은이와 둘이 차를 탔다. 한 달에 한 번 해야 하는 심장사상충 예방 접종도 하고 목욕과 위생을 위한 미용도 할 겸 동물 병원에 가는 길이었다. 전방을 주시하며 운전하고 있는데 그날따라 옆얼굴이 조금 '따뜻하게' 느껴졌다. 누군가가 나를 바라보는 듯한 느낌이 자꾸만 들었다. 마침 차는 사거리 신호에 걸려 멈춰 섰고, 나는 그런 느낌이 오는 곳을 바라보았다.

그곳엔 은이의 시선이 있었다. 평소 같으면 잠이 들었을 은이인데 그날은 웬일인지 동그랗고 까만 눈을 뜨고 나를 지긋이 바라보고 있었다. 은이의 맑고 커다란 눈에 내 얼굴이 가득했다. 그 속에 '있는 그대로'의 내가 있었다. 그런데 나를 담아 낸 은이의 표정이 한없이 사랑스러웠다. 마치 내게 "당신은 지금 그 모습 그대로 사랑스러운 존재예요"라고 말해주는 듯했다. 나를 가득 담아 주는 그 눈빛에 나는 울컥하고 말았다.

　돌아보면 은이는 나와 함께 살아온 지난 8년에 가까운 시간 동안 늘 그랬다. 그 어떤 판단도 평가도 하지 않고 맑은 눈으로 나를 비춰 주었고, 내가 울거나 한숨을 쉬고 있을 땐 어김없이 다가와 자신의 보드라운 털을 내밀었다. 아무리 고단한 날에도 은이와 아파트 단지 산책에 나서면 지금-여기 이 순간에 모든 걸 집중하는 그 작은 몸짓에 미소가 절로 지어졌다. 매일 같은 길을 걷지만, 나뭇잎의 작은 변화라도 알아차리려는 듯 정성스레 냄새를 맡는 코의 씰룩임, 움직일 때마다 살랑거리는 꼬리, 새나 고양이를 보고 멈칫 놀라는 은이의 모습을 관찰하다 보면 어느새 그런 태도가 내게도 스며들곤 했다. 머릿속을 가득 채웠던 지나간 시간에 대한 후회와 미래에 대한 불안이 스르르 사라지고 지금-여기서 존재하는 기쁨이 차올랐다.

　이렇게 나는 은이와 함께 있을 때 현재에 살고, 동시에 가장 솔직한 내 모습을 만난다. 은이에겐 그 어떤 말도 모두 털어놓을 수 있고, 눈곱도 덜 뗀 엉망인 모습으로 있어도, 심지어 그 앞에서 훌러덩 옷을 갈아입어도 창피하지 않다. 뭘 해도 자유롭고 편안하다. 내가 어떤 모습이라도 은이는 변함없는 신뢰와 애정을 표현한다. 그야말로 '무조건적인 사랑과 존중'이다. 이런 은이의 시선에 익숙해지면서 나 역시도 자연스러운 내 모습에 편안해졌다. 은이가 담아 내 주는 그 모습 그대로의 나를 만나면서 마침내 나는 '나 자신'으로 존재할 수 있게 됐다.

나는 점점 궁금해졌다. 은이 덕분에 나는 '나 자신'이 되어 가고 있는데, 은이는 과연 자기 자신으로 살아가고 있는 걸까? 은이가 바라보는 세상은 어떤 세상일까? 이런 질문을 마음에 품고 나는 은이의 일상을 은이의 시선에서 관찰하려고 애썼다.

그러자 모든 것이 인간 위주로 되어 있는 세상 속에서 인간과 다른 종인 개로 살아간다는 것은 많은 불편을 감수해야 하는 일임을 알 수 있었다. 인간에게 좋다는 목재 마룻바닥은 은이가 걷기엔 너무 미끄러웠고, 인간의 키에 맞춰 만들어진 가구들도 은이가 오르내리기에는 관절에 무리가 될 만큼 높았다. 인간이 깔아 놓은 시멘트나 아스팔트로 된 거리의 바닥은 여름이면 너무 뜨겁게 달궈지고 겨울엔 너무 차가워져서 은이의 말랑한 발바닥 패드를 상하게 했다. 갑자기 오토바이가 튀어나오는 아파트 단지의 산책로도 안전해 보이지 않았다. 게다가 '개'를 비하하는 시선이

나 언어는 세상에 널려 있었다(아이부터 어른까지 두루 사용하는 비속어에는 대체로 '개'라는 접두사가 붙는다). 이런 세상 속에서 아무리 사람과 가족처럼 지내는 반려동물이라 해도, 비인간동물이 '자기 자신'으로 살아간다는 건 몹시 어려운 일임이 분명했다.

은이의 입장을 헤아려 보자 같은 동물이면서 단지 인간이라는 이유로, 다른 종을 착취하고 이용하고 함부로 대하는 사람들 때문에 (인간 아닌) 동물들이 어떤 삶을 살아가고 있는지 보이기 시작했다. 전시되고, 이용되고, 소유되다 버려지고, 물건처럼 다뤄지는 동물들의 이야기가 매일같이 들려왔다. 그때마다 나는 내가 인간이라는 게 부끄러웠고, 때로는 눈물을 쏟기도 했다. 은이는 이런 나를 부드럽게 핥아 주곤 했다. 그러면 나는 은이에게 이렇게 말해 준다.

"은이야, 미안해. 너희에게도 조금 더 나은 세상이 될 수 있게 뭐라도 해 볼게."

이 약속을 지키기 위해 나는 눈을 더 크게 뜨고 귀를 더 열어 두고, 판단하지 않는 마음으로 다른 생명을 바라보려고 노력한다. 나 역시 인간이기에 인간의 시선에서 완전히 벗어나는 것은 불가능하겠지만, 우리가 사는 이곳이 인간 중심으로 기울어져 있는 곳임을 기억하려고 애쓴다. 이런 마음으로 다른 생명을 바라보게 되면서 점차 연민이 생겨났다. 연민의 마음은 인간을 넘어 다른 종의 생명과, 나아가 이 지구의 생태계와 내가 연결되어 있음을 알게 했다. '인간'의 굴레를 넘어 나 역시 한 '생명체'로 살아가고 있다는 느낌이 뭉클하게 다가왔다. 그러자 두렵고 피하고만 싶었던 생명으로서 가진 한계를 겸손하게 수용하는 법을 배울 수 있었고, 이를 받아들이자 내 마음에 더없는 평화가 찾아왔다.

이 책은 작은 강아지 한 명과 살게 되면서 한 사람이 어떻게 스스로를 확장시켜 가며 '자기 자신'이 되어 갔는지에 대한 고백록이다. 상담심리사로서(나는 한국상담심리학회 소속의 1급 상담심리사이다) 나는 내가 만나는 내담자들이 있는 그대로의 자신을 수용하고, 보다 '나답게' 살아가도록 돕고 있다. 그리고 나는 모두가 자신이 타고난 고유한 모습대로 살아갈 수 있을 때, 또한 그런 다양한 모습을 서로 존중할 수 있을 때 진정으로 평화롭고 평등한 세상이 되리라 믿어 왔다.

은이는 나의 이런 믿음에 확신을 심어 주었고 이를 더욱 확장시켜 주었다. 나는 이제 '자기 자신'으로 사는 것이 인간에게만 국한되어서는 안 된다고 느낀다. 인간이 아닌 다른 동물들도, 그러니까 이 지구의 모든 생명체가 '자기 자신'으로 살 수 있을 때만이 진정으로 평등하고 평화로운 세상이 되리라 믿는다. 그러려면 인간 중심으로 기울어져 있는 지구를 평평하게 만들 수 있는 넓은 시야와 작은 실천들이 필요하다고 생각한다. 일주일에 하루 고기를 먹지 않는 것, 일회용품 사용을 줄이는 것, 동물보호단체의 소식에 귀를 기울이는 것 등 그 어떤 것이라도 좋다. 이런 노력이 모아질 때 모든 생명체가 위협받고 있는 지금의 위기를 극복하고 다양한 생명이 서로를 존중하며 어우러지는 아름다운 지구를 만들어 갈 수 있을 것이다.

이 이야기들을 글로 쓰기 시작한 것은 〈오마이뉴스〉의 시민기자 글쓰기 그룹인 '반려인의 세계'에 참여하면서부터였다. 모임을 제안해 준 〈오마이뉴스〉의 최은경 기자, 함께 글을 쓰며 나의 생각을 정리하고 확장해 갈 수 있게 도와 준 박은지 시민기자, 이은혜 시민기자에게 감사의 마음을 전한다. 이 이야기를 책으로 엮어 보자고 제안해 주시고 따뜻한 격려를 보내 준 여미숙 편집장님, 부족한 글들을 세심하게 살펴 준 고여림 편집자님, 예쁘게 디자인해 준 이유나 디자이너님께도 큰 고마움을 전한다.

이 책에 등장한 나의 가족들, 기꺼이 자신의 이야기를 쓰도록 허락해 준 내담자들과 이웃들, 은이의 주치의 선생님께도 사랑과 감사와 존경을 표하고 싶다. 그리고 무엇보다 내 삶에 축복이 되어 준, 이 책의 주인공인 작고 하얀 나의 강아지 은이 덕분에 이 책이 탄생할 수 있었음을 알린다.

네 발 스승의 가르침에는 특별한 게 있다. 다시 그들을 만나기 전의 나로 돌아갈 수 없다는 것이다.[1]

《동물을 만나고 좋은 사람이 되었다》에서 김보경 작가가 쓴 문장이다. 나 역시 그렇다. 이제 나는 은이를 만나기 전의 나로 결코 돌아갈 수 없다는 걸 안다. 다행인 건 은이 눈에 비친 내 모습이 너무나 마음에 든다는 것이다. 살면서 스스로에 대한 자괴감이 밀려올 때, 나는 은이가 눈에 가득 담아 준 내 모습과 나를 바라봐 준 그 사랑스러운 시선을 기억할 것이다. 그리고 인간을 넘어 생명체로서 은이를 비롯한 다른 동물들과 연결됐던 이 뭉클한 느낌을 결코 잊지 않을 것이다. '좋은 생명체'로 살아가는 것이 '인간'이 정한 기준대로 사는 것보다 훨씬 더 나다워지는 길임을 잘 알게 되었으니 말이다.

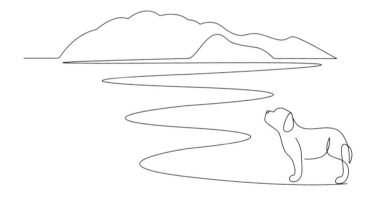

차례

3장 다른 세상을 열어젖히다

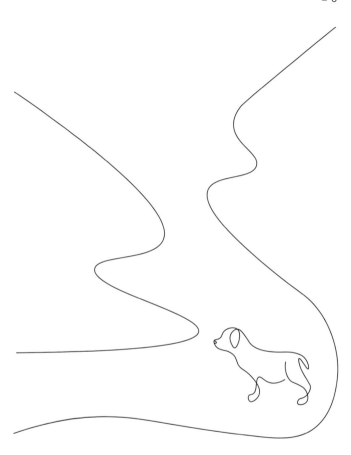

1장

한 존재가 오는 일

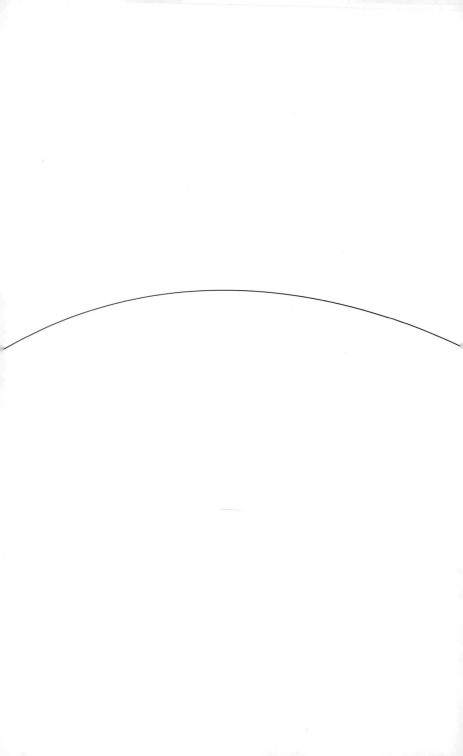

4.5킬로그램의 작은 개 한 명이 뜻하지 않게 내 삶에 들어왔다. 이 개가 '우리 은이'가 되자 인지와 감정에 연쇄적인 변화가 일어났다. '인간 중심'의 일상에 균열이 나기 시작했고 불편을 기쁘게 감수했으며, 언어에 대한 감각마저 달라졌다.

에피파니의

순
간

날씨를 즐기지 못하고 집 안에만 있는 것은 왠지 죄를 짓는 느낌이 들 것만 같은 일요일 아침이었다. 햇볕은 따사로웠고 그늘은 청량했으며, 바람은 기분 좋게 살랑였다. 아무리 5월이라 해도 이런 날은 몇 되지 않을 것만 같았다. 우리 가족은 조금 들떠 있었다. 특히 움직이지 않으면 몸이 근질근질한 초등학교 1학년 아이는 그 어느 일요일보다도 일찍 일어나 외출 준비에 앞장섰다. 아이의 표정엔 오랜만에 사람이 아닌 다른 생명체를 만난다는 기대감이 한껏 묻어났다. 이날은 우리 가족이 처음으로 유기견 쉼터에 봉사 활동을 가는 날이었다.

아이는 생태교육을 하는 유치원을 나왔다. 유치원 3

년 내내 매주 하루는 종일 뒷산에서 보냈다. 다섯 아이가 소그룹으로 짝을 지어 교사나 어머니 봉사자들과 함께 숲에 갔고 나무와 꽃, 작은 동물들을 관찰하고, 자연 놀이를 했다. 산 입구에서 아이들은 숲에게 이렇게 물었다. "숲에 사는 동물들아, 내가 들어가도 되겠니?" 꽃을 관찰할 때도 물었다. "꽃아, 내가 좀 자세히 들여다봐도 되겠니?" 돗자리를 펴고 앉을 때도 "땅속의 생물들아, 내가 자리를 펴고 앉아도 되겠니?"라고 물었다.

이 아이들에게 꽃과 나무와 동물들은 숲의 주인이고, 함께 살아가고 서로를 돌봐야 하는 소중한 존재들이었다. 아이들은 점심을 먹는 동안 돗자리에 올라온 개미 한 명도 죽이지 않았고, 개울의 올챙이나 개구리를 잡지도 않았다. 산에 흐드러져 있던 산딸기나 매실을 함부로 따지도 않았다. 각 생명이 원래 있어야 할 그곳에서 조심스럽게 관찰한 후 아무것도 해치지 않고 그대로 숲에 두었다.

나는 아이가 유치원에서 배운 이런 것들을 오래오래 간직하기를 바랐다. 하지만 유치원 밖 세상은 달랐다. 초등학교에 입학한 후로 아이는 생명과 접할 기회를 좀처럼 얻지 못했다. 하루 종일 딱딱한 책상에 앉아 있거나 인조 잔디가 깔린 운동장에서 똑같은 모습으로 뛰는 게 학교 생활의 전부였다. 나는 아이가 생명에 대한 경외를 잃을까 봐

조바심이 났다. 아이에게 생명을 접할 기회를 주고 싶었다. 그 방법으로 택한 것이 바로 유기견 보호소에서의 봉사활동이었다.

아이를 위해서

결국엔 '아이를 위해서'였다. 그날 유기견 쉼터에 갈 때에도 버려진 개들을 보면서 아이가 생명의 소중함을 잊지 않기를 바라는 마음뿐이었다.

잘 닦여 있지만 구불구불한 팔공산 자락을 타고 올라 쉼터가 가까워지자 약간 긴장이 됐다. 개들이 공격적이지는 않을까, 아이가 개 짖는 소리에 놀라지는 않을까 걱정이 됐다. 오래된 주택을 개조한 쉼터에 들어서자 집 안 곳곳에 자리를 잡고 있던 개들이 몰려들었다. 조금 놀라긴 했지만, 무섭지는 않았다. 개들의 눈빛과 몸짓은 경계보다는 낯선 이들에 대한 호기심과 반가움을 담고 있었다. 꼬리를 흔드는 모습이 마치 방긋거리며 우리를 환영해 주는 듯했다.

그날 우리 가족은 소형견 견사를 맡았다. 견사를 청소한 후, 개들을 차례로 산책시키고 함께 놀면서 반나절을 보냈다. 개들과의 교감이 뭉클하면서 감동적이었고, 무엇보다 아이가 생명의 소중함을 만끽하는 시간을 보냈다는 생각에 뿌듯했다. 나는 쉼터의 매니저님에게 이런 좋은 시간을 갖게 해 주어서 고맙다고 인사를 했다. 한 달에 한 번 정도 가족과 함께 오겠다는 약속도 했다. 하지만 딱 거기까지였다. 이때까지 내게 개들은 아이를 위한 수단, 생명의 소중함을 깨우쳐 주기 위한 대상에 불과했다.

그날 밤, 나는 좋은 일을 했다는 뿌듯함에 마음이 충만한 채로 잠이 들어가고 있었다. 그때였다. 남편이 넌지시 물었다.

"우리 한 마리 입양할까?"

'헐~' 소리가 절로 나왔다. 대학원 박사과정과 일을 병행하면서, 아이를 돌보고 살림을 하는 내게 개까지 돌보라는 거냐며 볼멘소리가 튀어나왔다. 당신이 집에서 보내는 시간이 적으니 그렇게 쉽게 말할 수 있는 거라고 항변하고 싶었다. 하지만 남편의 다음 말에 나는 귀가 솔깃해졌다.

"은성이가 외동이잖아. 아까 강아지들이랑 노는 모습 보니까 마음이 짠하더라고. 친구 사귀는 것도 힘들어하는데 강아지가 있으면 친구들도 좀 놀러 오고 그러지 않을까? 정서적으로도 도움이 될 것 같고 말이야."

이 말을 듣고 보니 내가 좀 수고스럽더라도, 아이를 위해 개가 필요할 것만 같았다.

개는 다 이럴 거야

'입양'이라는 단어가 머릿속에 들어오자 잠이 확 달아나는 것 같았다. 왠지 모를 불안감이 밀려왔다. 경험해 보지 않은 변화를 마주하는 일은 그것이 좋은 일일지라도 불안을 유발한다. 새롭다는 것은 불확실한 것이고, 불확실성은 사람에게 불안을 유발하는 가장 대표적인 원인 중 하나이기 때문이다.

그날 밤 나는 '입양'이라는 단어를 애써 밀어내고 잠이 들긴 했지만, 아침이 되자 다시 이 단어에 사로잡히고 말았다. 개와 함께 살게 되면 어떤 일이 벌어질지 두려운 마음이 올라왔고, 그럴 때마다 나는 온갖 정보를 취합해 개에 대한 그림을 그리기 시작했다. 머릿속에서 '범주화'가 시작된 것이었다. 잘 모르는 대상을 기존에 알고 있던 어떤 틀에 끼워 넣는 '범주화'는 불확실한 것과 대면해야 할 때 마음을 진정시키는 가장 대표적인 심리적 방법 중 하나다. 낯선 대상을 이미 알고 있는 것에 맞춰 넣으면 그 대상은 비로소 아는 것이 되고 그제야 사람은 그 대상을 받아들일 마음의 준비를 할 수 있다. 하지만 범수화는 종종 한 개인이나 개체를 그가 속한 집단의 특징으로만 파악하게 해 선입견이나 편견을 갖게 한다. 여기에 부정적 감정이 더해질 경우, 차별이나 혐오로 이어지기도 한다.

그때까지 낯선 존재였던 '개'를 내 삶에 받아들일 준비를 위해—그러니까 개에 대한 불확실성과 불안을 줄이기 위해—내 마음은 즉시 범주화 작업에 착수했다. 나는 우선 개가 외동아이의 정서에 도움이 된다는 남편의 가정에 맞는 정보를 수집했다. 반려동물과 함께 자란 아이가 공감 능력이 좋고, 정서적으로 안정되며, 사회성도 좋다는 보고가 꽤 있었다. 동시에 나는 개와 함께하는 일상에 대한 정보를 모았다. 이미 '개를 키우면 성가신 일이 많을 것'이라는 가정을 하고 있던 나는 이 생각을 뒷받침하는 정보들에 눈길이 갔고, 개가 일상을 방해할 것 같다는 고정관념 또한 강화해 갔다. 개에 대해 알아 갈수록 개가 아이에게 큰 도움이 될 거라는 생각이 짙어졌다. 하지만 내 일상에 또 다른 돌봄이 필요한 존재가 더해지는 걸 받아들이는 건 쉽지 않았다.

나는 한 달을 고민한 끝에 마침내 쉼터에 입양 의사를 밝혔다(아이를 위하는 부모로서의 정체감이 앞섰기에 가능한 결정이었다). 쉼터에선 가정에서 임시보호 중이던 세 살 정도로 추정되는, 작고 하얀 개 은이를 연결해 줬다. 우리는 세 차례 정도 그 가정을 방문해 은이와 시간을 보내며 궁합을 맞춰 봤다. 지금 돌아보면 맞춰 볼 것도 없었던 것 같다. 첫

만남부터 달려와 안기며 배를 내보이는 은이에게 우리는 이미 선택당한 듯한 느낌이었으니 말이다. 그렇게 입양을 결정했다. 하지만 나는 개가 내 일상을 방해할 거라는 범주화된 생각을 여전히 벗어나지 못하고 있었다. 은이가 우리 가족이 된 바로 그날 아침까지도 나는 임시보호자에게 이런 질문을 던졌으니 말이다.

"제가 집에서 글도 쓰고 일을 해야 할 때가 많은데 혹시 방해를 하지는 않나요?"

개가 아닌 '은이'

입양을 결정한 후 우리 가족은 본격적인 '입양 준비'에 돌입했다. 개와 함께 살기 위해 필요한 물품들을 마련하고, 개에 대해 공부도 했다. 그중 내게 가장 중요한 것은 개로 인해 내 일상이 피곤해지지 않도록 '개를 잘 길들이는 법'을 숙지하는 거였다. 나는 개를 길들이는 것과 관련한 각종 책을 찾아 읽고 마음을 단단히 했다.

마침내 약속한 날이 왔다. 2015년 6월 19일. 나는 낮 동안 집 안 구석구석을 청소하고 은이가 머물 공간들을 점검했다. 그리고 그날 오후 우리 가족은 모두 함께 임시보호

가정을 방문해 입양자로서 은이를 끝까지 책임지겠다는 서약서를 작성했다. 서약서의 문구들이 묵직하게 다가왔다. 임시보호자님은 은이의 특징을 빽빽이 적은 메모를 건네주셨고, 그렇게 은이는 우리 집에 왔다. 집에 들어와 은이를 품에서 내려놓았을 때 은이는 낯선 공간, 낯선 사람들 사이에서 긴장한 듯 몸을 조금 떨었지만, 곧 이곳저곳을 탐색하기 시작했다. 미리 마련해 둔 포근한 강아지용 방석에 올라가 가만히 쉬기도 했다. 우리가 준비해 준 첫 식사도 맛있게 먹었다. 생각보다 순조로웠다. 하지만 잠자리에 들 시간이 되었을 때 난관이 찾아왔다.

　책을 통해 잠자리를 분리하는 게 서열 정리를 하고 개와 사람의 경계를 지키는 가장 기본적인 방법이라고 배웠던(그래야 은이가 나의 일상을 방해하지 않을 거라 믿었던) 나는 은이를 거실에 놔 두고 침실로 들어갔다. 혼자 남겨지자 은이는 곧바로 낑낑대기 시작했다. 책에는 이런 상황을 무시해야 '길들이기'가 수월하다고 적혀 있었고 나는 마음을 다잡고 잠을 청하며 남편에게도 오늘 밤만 잘 버텨 보자 말했다. 하지만 점점 더 애처로워지는 은이의 울음소리를 도저히 견딜 수가 없었다. 결국 은이를 방에 데리고 와 침대 아래에 잠자리를 마련해 주었다. 그래도 은이는 계속 낑낑댔다. 이 작은 강아지가 한없이 안쓰러웠다. 동시에 짜증스러운 마음도 함께 올라왔다. '이제 잠도 편하게 못 자는 건가. 큰일이다 큰일'. 한숨이 절로 나왔다.

　　나는 생각보다 연민이 많았던 모양이다. 그 울음소리에도 편히 잠든 남편과 달리 나는 1시간을 버티지 못하고 은이를 안아 침대에 올리고 말았다. 몸까지 떨며 낑낑대던 은이는 내가 안아 주자 즉시 울음을 그치고 내 옆구리로 파고들었다. 그러더니 곧바로 쌔근쌔근 잠이 들었다. 은이가 숨을 쉴 때마다 내 옆구리가 간질거렸다. 그 간질거림에 나도 모르게 미소가 지어졌다. 짜증스러운 마음은 순식간에 사라지고 없었다. 날씨가 더워지고 있었지만, 이 생명체의 온기가 참 좋았다. 처음 나의 사람 아들을 안았을 때 같은 뭉클함이 느껴지기도 했다. '방해받지 않으리라' 다짐했던 마음도 말랑말랑해지고 있었다. 아마도 나는 이때 은이에게 무장해제 돼 버렸던 것 같다. 은이는 더 이상 내 아이를 위한 도구가, 머릿속에 범주화되어 있는 개가 아니었다. 그냥 '우리 은이'였다.

　　'이름을 불러 주었을 때 너는 내게 와서 꽃이 되었다'라는 너무나 잘 알려진 김춘수 시인의 시구에 잘 어울리는 순간이었다. 하지만 지금 돌아보면, 그 순간엔 단지 한 생명이 내게 특별한 존재가 된 것 이상의 연결이 있었다. 내 안의 무언가가 깨어나는 듯한 오묘한 느낌이 함께했다. 나는 이 특별한 느낌을 오랫동안 설명할 수가 없었다. 그런데 최근 읽은 한 책에서 마침내 적절한 표현을 찾아냈다.

나는 '이것이 바로 에피파니epiphany로구나' 하고 깨달았습니다. 찰나의 순간에서 경험하는 영원의 감각, 갑작스럽고 현저한 깨달음… 세계의 시원에 맞닿은 이 경험은 사람을 사로잡고 삶을 바꿉니다.[1]

환경에 관한 글과 기사를 쓰는 남종영 작가가《안녕하세요, 비인간동물님들!》에서 북극곰과 눈을 맞추며 교감했던 순간을 기록한 구절이다. 바로 이거였다. 내겐 은이가 처음 내 품에 안겨 잠들던 그 순간, 은이의 숨결이 내 몸으로 느껴지던 그 순간이 바로 '에피파니'의 순간이었다. 지금도 잊을 수 없는 이날의 뭉클함은 이전엔 몰랐던 감정들을 불러일으켰다. 그리고 나의 삶을 바꿨다.

내게 이런

감정이 있었다니

동물을 사랑하기 전까지 우리 영혼의 일부는 잠든 채로 있다.

노벨문학상 수상자인 프랑스의 소설가 아나톨 프랑스의 말이다. 도구화되고 범주화되었던 개 중 하나였던 은이가 개별적인 존재로 받아들여지자 이전엔 느끼지 못했던 다양한 감정이 올라왔다. 은이를 알기 전에는 느껴 보지 못했던 감각들이 매일같이 새롭게 깨어나는 듯했다. 한 생명과 연결되는 것은 정말 잠든 영혼이 깨어나는 일이 맞았다.

너무 행복해서 불안한

첫날 밤, 내 옆구리에 꼭 기대어 잠든 은이의 숨결이
내 몸으로 전달됐다. 은이의 숨소리가 깊어질수록 내 호흡
과 박자가 맞춰졌다. 알 수 없는 평화가 내 마음을 감쌌다.
조금 딱딱한 이야기를 하자면, 아마도 이때 내겐 옥시토신
이 분비되었던 것 같다. 과학자들은 반려동물과 사람이 교
감할 때 둘 모두에게 옥시토신이라는 호르몬이 분비됨을
밝혀 낸 바 있다. 옥시토신은 애정과 행복을 느끼게 하는
호르몬인데 신생아와 엄마가 교감할 때 분비된다. 정말 그
랬다. 내 사람 아이가 신생아였을 때 안고 있던 바로 그런
느낌이었다.

하지만 지극한 행복감은 종종 불안과 두려움을 동반
한다(많은 경우 사람들은 행복의 정점에서 이 행복이 사라질지도 모
른다는 불안감을 느낀다). 전에는 느껴 보지 못했던 뭉클한 행
복감이 감싸 오던 그때, 내게도 불안이 엄습해 왔다. 이 작
은 존재가 뒤척이는 내 몸에 눌리지는 않을까, 은이에겐 크
고 두꺼워 보이는 이불이 호흡을 방해하는 건 아닐까, 우리
집에 적응하는 것이 힘들지는 않을까 온갖 두려움과 걱정
이 밀려 왔다. 그날 밤 나는 은이에게 마음이 쓰여서 잠을
잘 자지 못했다. 그런데도 피곤하기는커녕 마음이 차오르

는 것 같았다.

다음 날 아침, 우리는 은이를 데리고 동물 병원에 갔다. 임시보호자께서 건강 상태를 확인해 주긴 했지만, 한 번 더 체크하고 은이의 몸에 삽입된 등록칩의 주소도 바꾸어야 했다. 집 주변의 동물 병원을 알아보고 병원에 갈 때까지 마음 한편이 소마조마했다. '혹시라도 어디가 아프다고 하면 어쩌지? 난 이미 이 아이에게 빠져 버렸는걸.' 다행히 은이는 예방 접종도 잘 되어 있고 건강했다.

우리는 안도하며 반려동물용품점에 들려 각종 필요한 용품을 사고, 간식과 함께 개들이 특히 좋아한다는 개껌도 하나 샀다. 집에 와서 은이에게 껌을 하나 건넸다. 은이는 허겁지겁 먹었는데 곧 있어 껌을 모두 게워 냈다. 첫 구토에 얼마나 놀랐었는지. 우리 가족은 모두 호들갑을 떨다 방금 다녀온 동물 병원에 전화해 응급 상황이라 했고, 수의사 선생님은 "개들은 사람보다 구토를 자주 하니 너무 걱정 말라"고 태연하게 말해 주셨다. 하지만 나는 그날 은이가 저녁밥을 맛있게 먹을 때까지 얼마나 안절부절못했는지 모른다.

있는 그대로 바라볼 때

은이에 대해 알아 가는 것이 많아지면서 은이를 돌보는 일에 조금씩 자신감이 생겨났다. 두려움과 불안은 줄어들었고 일상에 생기가 더해졌다. 특히 은이가 산책을 온전히 즐기며 처음으로 실외 배변에 성공했던 날, 나는 비로소 은이와 함께하는 날들에 기쁨과 감사를 느꼈다.

사실 산책은 그리 순조롭지 못했다. 걸음걸이가 매우 빠른 은이는 목줄을 한 채 늘 나보다 앞서서 걸었다. 그러니까 산책할 때마다 내가 은이의 뒤를 따라가는 모양새가 되었던 것이다. 하지만 입양 전 읽었던 반려견 길들이기와 관련된 책에는 '산책할 땐 보호자 옆에서 나란히 걷도록 해야 한다'고 적혀 있었다. 개를 앞세우는 보호자는 개와의 서열 정리에 실패한 것이라고도 했다. 그래서 나는 걸을 때 은이가 나보다 앞서가지 못하도록 해야 한다는 생각에 사로잡혀 있었다. 은이가 앞서지 못하게 하려고 목줄을 짧게 당기기도 했고, 길에서 벗어나 아파트 화단의 꽃향기를 맡으러 가는 것을 막아서기도 했다. 사람들이 우리가 걷는 모습을 보고 "사람이 개한테 끌려다니네!"라고 여길까 봐 걱정이 됐다.

그래서일까, 은이는 처음 몇 번의 산책에서 배변을 하

지 못했다. 볼일 볼 자리를 고르는 듯 나무 주변의 냄새를 맡긴 했지만, 배변 자세조차 취하지 않았다. 아마도 발걸음을 맞춰 가기보다 남의 시선을 신경 쓰면서 잘 길들였음을 보여 주려는 내 마음을 은이는 알았을 것이다. 불편했을 것이고, 당연히 자연스러운 배변 활동이 어려웠을 테다.

그러던 어느 날, 은이와 산책하던 중 한 이웃을 만났다. 나는 그날 이웃과 두런두런 이야기를 나누면서 함께 걸었고, 그 덕분에 은이가 나와 보조를 맞춰 걷도록 해야 한다는 생각을 잠시 잊었다. 수다를 떨다가 은이가 멈추면 그냥 멈춰 서서 이야기를 했고, 은이가 화단으로 가면 우리도 함께 화단으로 갔다. 물론 그날도 은이는 나와 이웃을 앞서서 걸었는데 총총거리며 걸을 때마다 살랑거리는 은이의 꼬리를 보고 이웃은 "웃고 있는 것 같아요"라고 했다. 이웃의 말을 듣고 보니 은이의 뒤태가 무척이나 귀여워 보였다. 그렇게 앞서가는 은이의 뒷모습을 '있는 그대로' 바라봐 주자, 은이는 마침내 시원하게 배변을 했다. 아마도 이날 은이는 처음으로 편안하게 산책했을 것이다.

그 후 나는 함께 걸을 때 은이가 나를 앞서면 안 된다는 생각을 내려놓았다. 대신 방글거리는 꼬리, 배변 후 뒷발질하는 작은 발, 풀잎의 냄새를 정성스레 맡는 코의 실룩거림을 관찰했다. 그러자 산책길의 변화들을 만끽하며 즐거워하는 은이가 보였다. 그런 은이의 모습을 볼 때마다 나도 즐거워졌다. 은이를 내게 맞추려 하지 않고 내가 은이의 걸음에 맞춰 걷게 되면서 생겨난 변화였다. 이전까지 내 마음을 가득 채웠던 '훈련 잘된 개'에 대한 이미지를 버리자, 은이도 나도 산책을 즐길 수 있었다.

이렇게 은이의 발걸음에 맞춰 아파트 단지를 한 바퀴 휘도는 산책은 지금도 매일 계속된다. 그때마다 나는 복잡했던 마음이 한결 편안해짐을 느낀다. 그리고 마음속에선 이런 말이 절로 나온다. '은이야, 내게 와 줘서 고마워.'

달라서 느끼는 것

뭉클한 행복과 이에 따르는 불안과 두려움, 감사와 기쁨 등 다양한 감정과 함께하면서 은이는 나의 시간과 공간 속에 스며들었다. 마치 늘 거기 있었던 것처럼 말이다. 아침에 눈을 뜨면 은이도 내 옆에서 기지개를 켜고 일어나 함께 서재로 간다. 내가 책상에 앉아 원고를 쓰는 동안 은이는 서재의 작은 소파나 책상 밑에서 나머지 아침잠을 잔다 (지금도 그러고 있다). 식사를 준비할 때면 주방을 서성이고, 청소를 할 때면 소파나 침대 위에 올라가 청소기가 지나갈 수 있게 피해 준다. 내가 상담소에 나갈 땐 아쉬운 눈빛으로 인사를 건넨다. 그리고 돌아오면 그동안의 일을 다 말해 주기나 하는 듯 한참을 들떠서 온 집 안을 뛰어다니며 반겨 준다.

은이와 함께하는 이런 일상은 원래 그랬던 것처럼 자연스럽다. 분명 나와 너무나 다른 생명체가 늘 내 곁에 있는데 마치 아무도 없는 것처럼 편안하다. 나는 은이 앞에서는 아무렇지도 않게 옷을 갈아입을 수 있고, 전화 통화를 할 때 어떤 말도 가려서 하지 않는다. 화장실에서 볼일을 보거나 샤워를 할 때 은이가 잠시 나를 엿본다 해도 별로 신경이 쓰이지 않는다.

그렇다고 은이가 존재감을 드러내지 않는 건 아니다. 내가 감정적으로 힘들 때면 어김없이 그 마음을 읽어내고 다가와 살을 부비고 핥아 주며 위로를 건넨다. 은이 역시 자신의 생각과 감정을 표현하고 때로는 주장을 펼치기도 한다. 함께 놀고 싶을 땐 장난감을 물어 오고, 사람의 손길을 원할 땐 다가와 내 손을 툭 치며 쓰다듬어 달라고 요구한다. 은이가 미용을 위해 2시간 정도 집을 비울 때면, 마치 집이 텅 빈 것처럼 느껴진다. 은이는 함께 있을 때 '아무도 없는 듯' 편안하지만, 막상 안 보이면 그 자리가 너무나 크게 느껴지는 엄청난 존재감을 지녔다.

미국의 인류학자이자 소설가인 엘리자베스 마셜 토머스는《개와 함께한 10만 시간》에서 우리가 개와 함께 있을 때 이토록 편안할 수 있는 이유를 인간과 개가 '서로 다르기 때문'이라며 이렇게 설명했다.

우리 인간의 레이더는 인간의 신호를 감지하며, 개의 레이더는 개의 신호를 감지한다. 바로 이것이 사람이 잘못된 행동을 저질러도 개들이 불평 없이 사람을 바라보고 있을 수 있는 이유이며, 개가 다른 개들이 적절치 못하다고 판단하는 일을 저질렀을 때 사람이 그것을 지적하지 않는 이유다. (…) 이런 식으로 사람과 개는 서로 자극하거나 판단하지 않고 함께할 수 있다. 우리는 자유로이 전적으로 우리 자신으로 있을 수 있으면서 여전히 높은 수준의 교제를 이어간다.[1]

나는 이 문장에 깊이 공감한다. 나를 이토록 편안하게 드러내면서 함께할 수 있는 관계는 같은 종인 인간 사이에서는 아마도 불가능하지 않을까.

얼마 전 남편과 함께 영화를 보는데 예상과 달리 영화가 너무나 무서웠다. 공포영화를 잘 보지 못하는 나는 상영 시간 내내 무척이나 괴로웠는데 그때 나는 은이를 떠올리며 안정을 찾았다. 은이의 맑은 눈, 평화롭게 창밖을 응시하는 모습, 그 보드라운 털의 촉감을 떠올리며 무서운 장면들을 머릿속에서 밀어냈다. 집에 오자마자 나는 은이를 품에 안아 올리며 쓰다듬었다. 영화를 보는 내내 긴장됐던 마음이 한순간에 녹는 것 같았다.

나의 일상을 방해할까 봐 조심스러웠던 존재 은이는 나의 정서를 풍부하게 했고, 그 누구보다도 내게 심리적 안정감을 주는 존재가 됐다. 나의 일상은 은이로 인해 훨씬 더 평화로워졌다.

가구의

새로운 용도

하지만 '평화'가 '편안함'을 보장하는 것은 아니다. 아마도 편한 것만 생각한다면 혼자 사는 것이 가장 나을 것이다. 다른 존재에 대한 배려 없이 내가 원하는 대로만 하면서 살 수 있으니 말이다. 누군가를 일상의 파트너로 받아들인 후부터는 달라진다. 함께 사는 존재를 배려해야 하고, 종종 다양한 불편을 감내해야 한다.

태어날 때부터 함께여서 한없이 자연스러웠던 친정을 떠나 결혼을 하고 신혼살림을 차렸을 때도 그랬다. 내게 오롯이 특별한 존재인 남편과 함께한다는 게 그지없이 행복했지만, 서로의 다른 점과 사소한 습관들에 익숙해지기까지는 많은 갈등이 있었다. 그런 남편과의 일상이 익숙해질 때쯤 아이가 태어났고, 아기가 삶에 들어오자 일상은 또 한 번 요동쳤다. 아기는 너무나 사랑스러웠지만, 연약한 아기와 함께 살아가는 일은 결코 만만하지 않았다.

그리고 마침내 은이가 나의 삶 속에 들어왔다. 사람도 아닌 '개'라는 완전히 다른 종에 속하는 한 생명체가 말이다. 그러자 일상도 전과 같을 수 없었다. 특히 가슴 철렁한 순간을 몇 번 경험한 후, '인간 중심적인' 세상에서 다른 종이 살아가는 일이 녹록지 않음을 알아 갔다. 우리 가족은 그런 은이를 위해 반려인으로서 감당해야 할 불편들을 기꺼이 받아들이기로 했다.

식탁의 다른 용도

은이와 가족이 된 지 1년쯤 되었을 때였다. 출근 준비를 하고 집을 나서는데, 식탁 위의 초콜릿이 눈에 들어왔다. 점프력이 뛰어난 은이가 의자를 타고 식탁 위에 올라가진 않을까 불안한 마음이 잠시 들긴 했지만, 사람이 주는 것 외에는 함부로 음식에 입을 대는 법이 없었던 은이이기에 '설마' 하며 그대로 집을 나섰다.

하지만 집에 돌아왔을 때, 나는 놀라고 말았다. 은이는 너무나 흥분한 상태였다. 나를 반기는 정도를 넘어 집 안을 계속 뛰어다니며 멈출 생각을 하지 않았다. 불안했던 그 일이 벌어진 것이었다. 식탁 위엔 초콜릿 포장지가 은이의 이빨 자국과 함께 찢겨 있었고, 동그랗고 꽤 큰 초콜릿 세 알이 사라지고 없었다. 낮 동안 은이가 의자를 밟고 식탁에 올라가 '순삭'한 것이 틀림없었다. 달콤한 냄새에 끌리는 개의 본능이 발현된 거였다. 초콜릿은 개에게 부정맥과 발작을 유발하는 매우 위험한 음식 중 하나다.

나는 곧바로 은이를 안고 동물 병원으로 달려갔다. 수의사 선생님은 먹은 지 꽤 오래된 거 같다며 이미 부정맥이 시작됐고 신경계에도 영향이 미쳐 과過흥분상태가 된 거라고 하셨다. 은이와 함께하면서 맞은 최대의 위기였다. 그날 은이는 입원을 했다.

은이를 병원에 맡기고 돌아온 후 우리 가족은 밤새 자책했다. 초콜릿을 왜 거기에 둔 건지, 의자는 왜 식탁 밑에 밀어 넣지 않았던 건지, 다 사람의 잘못 같았다. 사실 그렇지 않은가. 개가 본능적으로 맛있는 냄새에 끌리는 것을 어떻게 뭐라 할 수 있겠는가.

그날 밤 우리 가족은 다짐했다. 식탁과 소파 테이블 등에 절대로 음식을 두지 않기로 말이다. 식탁 의자는 반드시 식탁 밑에 밀어 넣어 은이가 밟지 못하도록 정리해 두기로 했다. 음식도 가려 먹게 됐다. 동물 병원에서 받았던 반려동물 건강수첩에 적혀 있는 개에게 위험한 음식 리스트를 확인하고, 목록에 있는 음식들은 섭취를 자제했다. 개에게 급성 신부전을 일으키는 치명적인 과일인 포도는 먹다가 떨어뜨리기 쉽기 때문에 은이가 있는 곳에서는 되도록 먹지 않는다. 양파나 마늘은 요리할 때 흘리지 않도록 더욱 주의를 기울인다. 아들이 좋아하는 치킨을 먹을 때는 뼛조각을 반드시 밀봉해 휴지통에 버리고 은이가 닿지 않는 곳에 두었다. 처음엔 의식적으로 신경을 썼지만, 이젠 몸에 배어 그저 습관처럼 하는 행동들이 됐다.

참, 은이는 그때 다행히 약과 수액으로 초콜릿의 독기를 모두 빼내었고, 간을 보호하는 처방식을 며칠 먹은 뒤 컨디션을 완전히 회복했다.

문의 다른 용도

그렇게 위기의 순간을 겪으면서 우리는 집에 '도그dog 카메라'를 설치했다. 은이의 모습을 확인할 수 있고, 나의 목소리를 들려줄 수도 있으며, 원격 조정으로 간식도 줄 수 있는데다 짖을 땐 휴대폰에 설치된 앱을 통해 알림도 보내 주는 똑똑한 카메라다. 외출이 길어질 때 나는 카메라 앱으로 은이의 안전을 확인하곤 했다.

　어느 늦가을, 강의가 있어 새벽 기차를 타고 서울에 갔던 날이었다. 몇 시간 후 은이가 밥은 잘 먹었는지, 잘 쉬고 있는지 궁금해 카메라 앱을 켰다. 그런데 은이가 보이지 않았다. 카메라 앱의 마이크에 대고 '은이야' 하고 불러 봐도, 심지어 간식을 쏘아 줘도 은이는 나타나지 않았다. 평소 같으면 간식 나오는 소리만 들려도 쏜살같이 카메라 앞에 모습을 드러내는 은이였다. 불안이 엄습해 오면서 심장이 쿵쾅거리기 시작했다.

　안절부절못하던 나는 아랫집 이웃에게 전화를 걸었다. 우리 집 강아지가 잘 있는지 확인 좀 해 달라고 부탁했고 이웃은 기꺼이 집 안을 들여다봐 주었다. 은이는 안방에 문이 닫힌 채로 갇혀 있었고, 문을 열어 주자 쏜살같이 나와 내가 카메라로 쏘아 준 간식을 먹었다고 했다. 이웃의 전화를 받고 다시 카메라로 확인하니 은이는 거실의 도넛 방석 위에 편안히 앉아 있었다. 마음을 쓸어내렸다.

　그때부터 또 하나의 습관이 생겼다. 은이를 홀로 두고 외출할 땐 모든 방문을 활짝 열어 두는 것이다. 창문을 열어 두었을 때는 바람 때문에 방문이 닫혀 은이가 놀라거나 갇히는 일이 생길까 봐 쿠션으로 방문을 괴어 둔다.

은이를 홀로 두고 외출할 때 나는 식탁을 비롯한 집 안의 테이블과 음식들, 의자들, 방문까지 여러 차례 돌아보며 확인 또 확인을 한다. 가끔은 주차장까지 내려갔다 다시 올라와 점검을 하기도 한다. 이를 '강박행동'이라고 해도 어쩔 수 없다. 은이가 안전할 수만 있다면, 외출 시 좀 더 시간이 걸리고 복잡한 절차를 거쳐야 하는 것쯤이 무슨 대수겠는가.

침대의 다른 용도

집에서만이 아니다. 여행을 갈 때도 달라졌다. 이전엔 좀 더 포근하고 좋은 숙소, 멋진 풍광을 기준으로 여행지를 정했다면, 이젠 일단 '반려견 동반 가능 숙소'부터 검색한다. 반려견 동반 가능 숙소가 없다면, 과감히 그 지역의 여행은 포기한다. 입양 초기 몇 번은 은이를 동물 병원에 맡겨 두고 여행을 가기도 했었지만, 은이가 없는 여행지에서의 허전함과 그리움, 걱정되는 마음을 도저히 감당할 수가 없었다. 그 뒤로 부득이한 사정이 있을 때를 제외하고는 대부분 은이를 동반한다.

하지만 은이와 함께 여행을 떠난 후에도 노파심은 계

속된다. 은이는 몇 해 전부터 살짝살짝 왼쪽 뒷다리를 절기 시작했다. 슬개골 탈구 1기였다. 수의사 선생님은 매우 경미한 수준이라 보조제로 관리하면 되지만 높은 곳에 오르내리는 것을 조심해야 한다고 했다. 나는 곧바로 슬개골 탈구 방지용 계단을 집 안 곳곳에 설치했고, 거실 바닥엔 카펫을 깔아 은이가 미끄러지지 않게 했다.

문제는 여행을 가서였다. 반려견 동반 투숙이 가능한 곳이라도 대체로 숙소의 침대는 우리 집 침대보다도 높을 때가 많았고, 반려견용 계단이 없는 곳이 대부분이었다. 하지만 낯선 곳에선 더욱 내 껍딱지가 되는 은이는 여행 시 내 옆구리에 딱 붙어서 잠을 자곤 했다. 내가 침대에 오르면 기를 쓰고 올라왔고, 내가 내려가면 나를 따라 용감하게 뛰어내렸다. 슬개골 탈구를 악화시키는 행동이었다.

결국 난 은이의 안전을 위해 침대를 포기했다. 여행지에서 아이와 남편은 침대를 이용하지만 나는 늘 추가 이불을 요청해 바닥에서 잔다. 혹시 몰라 캠핑용 침낭도 가지고 다닌다. 포근한 침대가 그립기도 하지만, 불안한 마음으로 침대에서 자는 것보다 잠도 훨씬 푹 잔다. 은이가 옆구리로 파고들 때 밀려오는 행복감도 함께 느끼면서 말이다.

누군가는 이런 모습을 '유난'이라고 할지도 모르겠다. 주방이나 방에는 아예 들어오지 못하게 훈련시키고, 잠은

애초부터 사람과 따로 자게 버릇을 들였어야지 사람이 무슨 고생이냐고 말이다. 하지만 나는 은이의 안전을 위협하는 것은 모두 '사람 위주'로 된 환경에서 비롯됐다고 생각한다. 사람이 먹는 음식에 둘러싸이고, 사람의 체구에 맞는 가구와 집 안 구조에 적응해 살아가야 하는 은이는 아마도 우리보다 더 큰 불편을 감내하고 있지 않을까. 그런데도 늘 사람 가까이 있으려고 하는 개에게 사람의 불편을 이유로 다가오지 못하게 하거나 자연스러운 본능을 억제하도록 하는 것은 잔인한 일 아닐까.

　　여행지의 호텔 바닥에 침낭을 깔고 누워 은이가 잠들어 가는 모습을 하염없이 바라보며 행복해하다 나는 종종 '내가 어쩌다 이 지경까지 되었나' 생각하곤 한다. 하지만 나는 안다. 은이와 함께 생활하면서 느끼는 잔잔한 불편들은 은이가 내게 주는 평화에 비하면 정말 아무것도 아니라는 것을. 인간 중심의 시각을 벗어나 나와 다른 존재에 대해 알아 가는 기쁨 또한 결코 포기할 수 없다는 것을. 그래서 은이와 함께하는 일상은 불편하지만, 더없이 평화롭고 충만하다.

너의 말을

배우는 중이야

"아이 이름이 뭐예요?"

"네? 은성이요. 근데 제 아이 이름은 왜요?"

은이를 입양한 지 한 달쯤 되어 심장사상충 예방 접종을 위해 동물 병원에 갔을 때였다. 병원에 함께 간 건 은이였는데 동물 병원의 접수처에서 대뜸 '아이 이름'을 물었다. 나는 그때 '아이'라는 말에 나의 사람 아들 이름을 댔다. 조금 지나 무슨 말인지를 이해하고 '은성'을 '은이'로 고쳐 말하긴 했지만, 왕초보 반려인이었던 그때 내게 개를 '아이'로 부르는 건 낯선 일이었다. 지금은 산책하다 반려견과 함께하는 이웃을 만나면 내가 먼저 "아이 이름이 뭐예요?"라고 물을 만큼 반려견을 '아이'로 부르는 게 자연스러워졌지만 말이다.

은이와 함께하는 시간이 늘어나면서 나는 새로운 언어들을 배워 갔다. 반려인들만이 사용하는 '반려인의 언어'에 익숙해진 것이다. 반려인들의 언어에는 반려동물의 특징과 이를 바라보는 반려인의 마음이 잘 담겨 있다. 그래서 이 언어들을 사용할 때마다 애틋한 감정이 밀려온다. 나는 이 말들이 참 좋다. 동시에 전에는 아무렇지도 않게 듣거나 때로는 나도 쉽게 내뱉었던 말들이 끔찍하게 느껴지기 시작했다.

내 삶에 들어온 4.5킬로그램의 작은 개 한 명은 다양한 감정을 일깨웠고, 가족의 생활양식을 바꾸었다. 그리고 끝내는 사람의 사고 체계를 지배하는 언어에 대한 감각마저 바꿨다.

'발사탕'은 싫고 '우다다'는 반갑고

"은이야, 발사탕 그만! 발은 사탕이 아니야!"

우리 집에서 이 말이 들린다면, 그건 하루가 시작됐다는 의미다. 은이는 아침마다 식구들을 깨워 놓은 뒤, 자신은 다시 침대 위로 올라간다. 그러고는 이불의 가장 푹신한

부분에 얼굴을 파묻고 '쩝쩝' 소리를 낸다. 자세히 보면 자신의 앞발을 시뻘개지도록 핥고 있다. 은이의 버릇 중 하나인데 이렇게 개가 발을 핥아대는 것을 반려인들은 '발사탕'이라고 부른다. 마치 발을 사탕처럼 쭉쭉 빨아댄다고 해서 만들어진 말이다.

고양이에게 앞발을 핥는 행위는 자연스러운 행동이지만, 개에게 발사탕은 건강하지 못한 버릇 중 하나다. 개들이 발사탕을 하는 이유를 전문가들은 대체로 다음의 두 가지로 파악한다. 간지러움을 유발하는 질환이 있어 발이 가렵거나 혹은 심심할 때 눈앞에 보이는 앞발을 핥으며 위안하던 것이 버릇이 되어 버리거나.

은이가 발을 핥는 이유가 둘 중 어느 쪽인지는 정확하지 않다. 알레르기성 가려움 때문이라 생각은 하지만, 여행을 가거나 외출을 했을 때는 전혀 발을 핥지 않는 것을 보면 심심해서일 가능성도 있다. 하지만 어느 쪽이든 은이의 발사탕은 내게 늘 '미안함'을 유발한다. 알레르기 관리를 잘 못 해 준 것도 내 탓이고, 심심하게 놔 두어서 버릇이 되게 만든 것도 왠지 내 탓인 것만 같다. 자주 핥아서 은이 앞발의 흰 털은 붉게 물든 지 오래다. 이런 은이의 발을 볼 때마다 나는 이렇게 다짐한다. '은이야, 엄마가 더 잘 보살펴 줄게.'

'발사탕'이 되도록 하고 싶지 않은 말이라면, 점점 더 간절하게 자주 내뱉고 싶은 말도 있다. 바로 신날 때 질주하듯 달리는 모습을 담은 '우다다'와 사고를 친 후에도 금세 발랄하게 뛰어노는 것을 일컫는 '똥꼬발랄'이다.

　　'우다다'는 개들이 갑자기 매우 빠른 속도로 질주하는 행동을 말한다. 은이는 목욕 직후나 혼자 집을 지키다 식구들이 돌아왔을 때 '우다다'를 한다. 목욕 후 털을 말린 은이는 개운한 느낌 때문인지 거실을 매우 빠른 속도로 빙글빙글 뛰어다닌다. 식구들이 귀가했을 때에도 소파에서 침대로, 거실에서 방으로 뛰어다니며 '우다다' 세리머니를 한다. 내게 이런 행동들은 은이가 건강하고 활력 넘친다는 의미이기에 지켜볼 때마다 마음이 뿌듯하다.

　　'똥꼬발랄'은 점점 그리운 단어가 되어 가고 있다. 처음 만났던 세 살 때의 은이는 종종 의자를 계단 삼아 식탁에 올라가거나 쓰레기통을 뒤지는 사고를 쳤다. 그러고는 아무 일도 없었다는 듯 '똥꼬발랄'하게 뛰어놀곤 했다. 하지만 열 살을 넘긴, 그러니까 사람 나이로 예순을 바라보고 있는 지금의 은이는 말썽을 거의 부리지 않는다. 쓰레기통의 휴지를 뒤집어쓰고도 '나 잘했지요?'라는 표정으로 우리를 바라보는 은이의 모습은 이젠 그리움으로 남아 있다.

'참지 않긔'와 '꼬순내'

한동안 인터넷에서 너무나 사랑스럽게 생긴 몰티즈가 갑자기 화를 내는 영상들이 유행했다. 그런 영상들 밑에는 '몰티즈는 참지 않긔'라는 글귀가 적혀 있었다. 그 후 나의 입엔 '은이는 참지 않긔'라는 말이 붙어 버렸다.

나는 이 영상들에 정말 100퍼센트 공감한다. 개들도 사람처럼 성격이 모두 다르다. 하지만 종별로 비슷한 면들도 있는데 바로 이 '참지 않긔'는 몰티즈의 본성을 매우 잘 표현하는 말이다. 윤기 나는 순백의 털에 까맣고 동그란 눈을 가진 몰티즈는 무척 순해 보인다. 은이를 처음 본 사람들은 종종 "정말 순둥순둥해 보여요"라고 말을 건넨다.

하지만 몰티즈는 고집도 세고 자기주장이 강한 편이다. 가족이라 해도 원치 않을 때 만지려 하면 하얀 앞니를 드러내고 으르렁거린다. 경계심도 강해 낯선 소리가 들리면 코를 골며 자다가도 벌떡 일어나 짖어댄다. 한때 나는 쓰다듬어 주려 할 때 으르렁거리는 은이의 모습을 교정해 줘야 한다고 생각했었다. 그러다 어느 책에서 이런 구절을 보았다.

누군가가 갑자기 당신의 머리를 쓰다듬으면 좋겠느냐. 개도 마찬가지다. 그런 개를 야단치기 전에 당신의 행동을 먼저 돌아봐라.

나는 뜨끔했다. 내가 은이의 의사를 존중해 주지 못했음을 깨달았고 그 후 은이의 '참지 않는' 행동이 나오면 얼른 내 행위를 멈춘다. 사실 그렇지 않은가. 반려견이라고 해서 늘 사람의 손길이 즐거운 것만은 아닐 테다. 우리가 타인이 적절한 선을 지켜 주길 바라듯 말이다. 내게 '몰티즈는 참지 않기'라는 말은 각자의 고유한 본성과 선을 지켜 줘야 한다는 의미로 들린다. 그래서 나는 이 말이 참 좋다.

또 하나, 아마도 반려인이라면 개의 발바닥에서 나는 '꼬순내'의 매력을 잘 알 것이다. 개들의 발바닥 패드에서 나는 이 독특한 냄새가 기분 좋게 느껴진다면 그건 당신이 반려인으로 정체화했다는 의미다. 이 말 역시 반려동물의 고유한 특징을 존중해 주는 표현이라 여겨져 참 마음에 든다. 나는 은이가 자신의 '꼬순내'를, '참지 않는 성격'을 편하게 드러내길 바란다. 자신을 있는 그대로 드러낼 수 있을 때, 그리고 그 특징들을 존중받을 수 있을 때 어떤 생명체든 행복할 테니 말이다.

왜 비속어에 '개'를 붙일까

이렇듯 반려인의 언어들은 반려동물의 특성과 반려인들의 애틋한 마음을 담고 있다. 언어 안에서만 사고할 수 있는 인간에게 새로운 언어들이 삶 속에 들어왔다는 건 그만큼 세계가 넓어졌다는 의미이기도 하다. 내게 반려인의 언어들은 인간의 세상을 넘어 동물과도 연결되는 '황홀함'을 선사해 주었다.

하지만 나의 세계가 동물과 연결되어 가면서 이전에는 아무렇지도 않았던 말들이 불편해졌다.

'복날 개 패듯 한다.'

'토끼를 다 잡으면 사냥개를 삶는다.'

언제부턴가 이런 속담을 들으면 속이 메스꺼워진다. 개는 '패도 되고' '먹어도 되는' 존재라는 생각이 전제되어 있기 때문이다. 흔하게 사용하는 '개'가 들어간 비속어를 들을 때도 이 말을 우리 은이가 들으면 얼마나 기분이 나쁠까 싶어 얼굴이 찌푸려진다. 개와 함께 살아 본 이라면 누구나 알 것이다. '개'라는 보통명사가 비속어의 접두어로 쓰일 하등의 이유가 없음을 말이다. 도대체 왜 '개'가 기분이 나쁘거나 남을 깎아내리려 할 때 쓰이는 말이 되어 버렸는지 참 속이 상한다.

'주인'이라는 표현도 불편해졌다. 반려동물이 '물건'이나 '노예'가 아님을 알고 있는 사람들도, 심지어 반려인조차 흔히 자신을 반려동물의 '주인'이라고 표현한다. 최근 반려동물 관련 TV 프로그램이 많이 늘어났지만 몇몇 프로그램에서는 여전히 반려인을 가리켜 '주인'이라고 지칭하곤 한다. 하지만 반려인을 '주인'이라 부르는 것은 반려동물을 '소유물'로 대하는 표현이다.

　　심리학자들에 따르면 사람은 언어로 표현한 대로 믿고 이를 행동과 일치시켜 가는 존재다. 이를 심리학에서는 '인지적 융합'이라고 부른다. 이에 기반해 생각해 보면 반려인을 '주인'으로 지칭하는 언어 체계에서 반려동물은 여전히 '물건'과 같은 존재로 인식되기 마련이다. 2021년 7월 '동물은 물건이 아니다'라는 조항이 들어간 민법 개정안이 입법예고 되었지만(2022년 10월 현재 여전히 국회를 통과하지 못하고 계류 중이다), 이런 표현이 통용되는 한 사람들의 인식은 크게 변하지 않을 것 같다.

　　나는 이런 언어들이 순화되길 간절히 바란다. 개 식용을 당연히 여기는 속담을 쓰지 않고, 동물을 비하하는 욕설을 쓰지 않는 것이 습관이 된다면, 동물을 폄하하고 대상화하는 마음이 줄어들 것이다. 사람을 반려동물의 '주인'이 아닌 '가족' 혹은 '보호자'로 지칭하는 습관을 들이는 것만으로도 동물과 좀 더 평등한 관계를 맺어갈 수 있게 될 것이다. 그럴 때 우리는 인간이 아닌 다른 종과 진정으로 연결될 수 있다.

은이와 함께하면서 내가 맛본 다른 존재와 연결되는 이 기분은 정말 뭐라고 할 수 없을 만큼 황홀하다. 마치 가수 아이유가 〈스트로베리 문strawberry moon〉에서 노래하는 '바람을 세로질러 날아오르는 기분'이라고나 할까. 반려인들의 언어에는 이런 기분이 잘 담겨 있다. 하지만 무심코 사용해 온 어떤 말들은 이런 기분을 깎아내리고 동물을 대상화해 버린다. 이젠 이런 말들을 사용하지 않았으면 좋겠다. 언어가 우리의 마음에 미치는 지대한 영향들을 생각한다면, 언어를 바꾸는 것만으로도 우리는 동물들과 좀 더 깊게 연결되고, 존중하는 마음을 가질 수 있다. 그럴 때 보다 많은 사람이 낯선 존재와 연결되는 황홀함을 느낄 수 있으리라, 인간의 삶 역시 보다 충만해지리라 믿는다. 많은 반려인이 경험하고 있는 것처럼 말이다.

자식 같은 반려견이

자식과 다른 점

꽤 친분이 있는 한 이웃은 반려견 세 명과 함께 산다. 그녀는 개들과 함께하는 일상에 만족스러워했고 우리는 한번 만나면 오랫동안 '아이들'에 대한 이야기를 나누었다. 반려인만이 알 수 있는 미묘하고 섬세한 감정들을 함께 나눌 수 있기에 우리의 수다는 늘 즐거웠다. 그러던 어느 날 그녀가 내게 물었다.

"아이도 키우고 강아지도 키우시잖아요. 아이를 키우는 마음과 강아지를 키우는 마음이 어떻게 달라요?"

나는 애틋한 마음이야 전혀 차이가 없다고, 말로 의사를 표현하는 아이보다 말 못 하는 강아지가 더 애틋하게 느껴지는 것 같기도 하다고 큰 고민 없이 답했다. 하지만 나는 이 질문을 마음에 품었고, 곰곰이 머물렀다. 그러다 지난겨울의 일이 떠올랐다.

궁금해하기 vs 잔소리하기

유난히 건조했던 그 겨울, 우리 집의 사람 세 명(나, 남편, 아들)은 종종 입술이 터지고 코피가 나곤 했다. 은이의 코도 촉촉함을 잃어 갔다. 심각했던 실내 건조를 해결하기 위해 우리는 거실 바닥에 놓는 커다란 가습기를 구입했다. 사무실에나 있을 법한 큰 크기의 가습기라 거실에는 영 어울리지 않았지만, 건강을 위한 선택이었다.

가습기를 담은 커다란 택배 상자가 도착했을 때 (언제나 그렇듯이) 은이는 호기심 가득한 표정으로 택배 상자에 코를 대고 킁킁댔다. 설치가 완료되고 마침내 가습기가 물을 뿜어내기 시작했을 때에도 은이는 이곳저곳의 냄새를 맡으며 탐색을 즐겼다.

그러다 은이의 코가 가습기 가장 아래에 있는 전원 버튼을 건드렸다. 터치 버튼이었던 그 버튼은 은이의 코를 인식했고, 곧바로 소리가 나면서 가습기가 꺼졌다. 은이는 화들짝 놀라 고개를 갸우뚱거리더니 이번에는 앞발로 버튼을 건드렸다. 은이의 따뜻한 발바닥 패드에도 가습기는 반응했다. 소리가 나면서 불이 들어왔고 가습기가 켜졌다.

은이는 놀라워하며 한걸음 물러나 가습기를 유심히 바라봤다. 그러더니 다시 다가가 냄새를 맡고 발로 건드리기를 반복했다. 그때마다 가습기는 은이의 체온에 반응했다. 나는 새로운 물건에 호기심을 갖는 은이의 모습이 너무나 귀여워 동영상을 촬영했고, 반려인 지인들에게 동영상을 보내며 "우리 은이 정말 똑똑하고 귀엽지? 인과관계를 파악하려나 봐"라며 자랑을 해댔다.

그런데 만일 중학생이 된 나의 사람 아들이 은이와 같은 행동을 했다면 어땠을까? 새로 온 가습기가 신기하다며 전원을 껐다 켰다를 반복하고, 한참을 지켜보고 있었더라면 나는 그 모습을 귀엽게 바라봐 줄 수 있었을까. 아마도 아니었을 것 같다. 나는 가습기를 관찰하느라 시간을 흘려보내는 아들을 '한심하다' 여겼을 것이고, 참다 참다 잔소리를 해댔을 것이다. "자꾸 껐다 켰다 하고 뭐 하는 거니? 가서 숙제나 해." 아마도 이런 말을 하지 않았을까.

뭘 해도 좋아 vs 공부는 잘했으면 좋겠어

나는 바로 이것이 사람 아들과 반려견 딸을 대하는 마음의 차이라고 생각한다. 물론 나는 아이도 강아지도 몹시 사랑한다. 사람 아들도, 강아지 딸도 내겐 세상 그 무엇보다 소중하고 사랑스러운 존재다.

하지만 사람 아들을 향한 사랑에는 어떤 바람이나 가치판단이 개입되어 있다. 빈둥거리는 시간을 좀 줄였으면 좋겠고, 공부도 열심히 했으면 좋겠고, 한 사람으로서 스스로를 돌보는 일을 게을리하지 않는, 그런 사람이면 좋겠다는 마음을 늘 품고 있다. 아이에 대한 바람들은 사랑하는 마음이 더해져 더 간절해진다. 그리고 이 간절한 바람들은 이와 맞지 않는 아이의 모습을 발견했을 때 잔소리로 표현된다. 가습기 앞에서의 빈둥거림은 나의 바람에 맞지 않았을 테고 나는 분명 날 선 말들을 내뱉었을 것이다.

반면, 반려견 은이를 향한 내 마음엔 어떤 기대나 평가가 포함되지 않는다. 빈둥거리는 시간을 줄였으면 하는 마음도, 공부를 하거나 운동을 열심히 했으면 하는 바람도, 어떤 강아지가 되어 주었으면 하는 마음도 없다. 그저 곁에 있는 것만으로 고마울 뿐이다. 그래서 은이가 하는 행동 모두가 신기하고 경이롭게 느껴진다.

개어 놓은 빨래를 은이가 헤쳐 놓고 그 위에 앉아 있을 때에는 "아이고, 우리 집 말썽꾸러기" 하고 웃음이 나지만, 아이가 빨래를 치우지 않았을 때에는 "개어 놓은 것도 안 가져가니?"라고 잔소리가 나오는 것 역시 이런 마음의 차이 때문일 것이다.

나는 널 잘 몰라 vs 내가 널 모르겠어?

그렇다면 나는 왜 사랑하는 두 존재에 대해 이토록 다른 태도를 갖게 된 걸까. 왜 아이에게는 무언가를 늘 기대하고 평가하고 판단하면서 은이의 행동은 무엇이든 호기심을 갖고 들여다볼 수 있는 걸까. 이 차이는 상대방에 대해 내가 알고 있다고 여기는 정도와 관련 있는 것 같다.

많은 부모는 사람 자녀에 대해서는 '많은 걸 알고 있다'고 가정한다. 태어나 모든 성장 과정에 함께한데다 은근히 나와 닮은 자녀에 대해 부모들은 자신이 마치 다 알고 있는 것처럼 느낀다. 부모들이 종종 아이에게 하는 말 중 하나가 "엄마가 널 모르니? 엄마 말대로 하면 절대 후회 안 해"인 것은 이런 이유에서다. 때로는 아이와 스스로를 동일시하면서 좌절된 자신의 꿈을 아이에게 투사하고, 아이를 통해 나 자신을 높이려는 마음을 품기도 한다.

이런 마음들은 종종 아이가 '내가 바라는 사람'으로 자랐으면 하는 기대나 판단으로 이어진다. 그리고 이는 많은 경우 잔소리나 비난의 방식으로 표현된다. 아이에게는 자신을 존중해 주지 않는 것에 불과하지만, 부모는 이를 사랑이라 굳게 믿는다.

하지만 반려견을 대하는 태도에는 '나는 너를 잘 모른다'라는 전제가 깔려 있다. 생김새부터 너무 다르고, 먹고 싸는 일, 지각하는 감각, 삶의 시간까지 모두 다른 반려견을 사랑하는 일은 '잘 모르는 세계'를 알아 가는 것으로부터 시작된다. 반려견의 행동을 관찰하고, 표정과 몸짓의 의미를 알아 가면서 반려견과의 사랑은 더욱 깊어진다. 그래서 우리는 반려견을 '판단'하거나 '평가'하지도, 나의 욕구나 바람을 '투사'하지도 않는다. 설령 사람의 지각으로는 이해할 수 없는 행동들을 발견한다 해도 많은 반려인은 반려동물의 그런 행동을 그냥 '있는 그대로' 받아들인다.

반려견처럼 아이를 대할 수 있다면

만일 반려견을 대하듯 아이를 대한다면 어떤 일이 벌

어질까. 아이의 행동을 평가하고 판단하기 전에 왜 그럴까 궁금해할 수 있다면 아이를 보다 '있는 그대로' 이해할 수 있을 것이다. 반려견이 나와는 다른 존재이기에 판단하지 않듯, 아이가 나와 다른 독립된 사람임을 전제하고 아이의 세계를 바라볼 수 있다면 아이를 더욱 존중해 줄 수 있을 것 같다. 이럴 때 아이 역시 부모의 사랑을 보다 진하게 느끼지 않을까.

사실 그렇지 않은가. 아이와 부모는 엄연히 다른 사람이다. 아이들은 부모와는 다른 저마다의 관점으로 세상을 바라보며, 나름의 꿈과 생각을 키워 나간다. 이 사실을 기억한다면 아이의 행동을 비난하기 전에 그 이유를 물어봐 줄 수 있을 것이다.

아이뿐 아니라 우리가 만나는 다른 사람도 그렇다. 애인이나 배우자, 형제자매, 수십 년 지기 친구처럼 아무리 가까운 사람이라도 우리는 모두 다르고, 저마다의 관점으로 세상을 바라본다. 하지만 사람들은 가까운 사람일수록 내가 그에 대해 다 안다고 착각한다. 상대방의 마음을 궁금해하기는커녕, 내 기준으로 판단하고 이에 맞춰 주기를 바라는 마음을 품게 된다. 이런 자세는 서로에 대한 존중을 잃게 하고 때로는 관계의 숨통을 막아 버린다.

사람 사이의 관계가 힘들 때 반려동물을 대하는 마음

을 떠올려 보면 어떨까. 우리가 반려동물의 마음을 궁금해하듯 다른 이들의 세계를 '궁금해하며' 대할 수 있다면, 서로에 대한 존중을 더 쌓아 갈 수 있지 않을까.

이런 생각들을 하며 지내던 어느 날 아침이었다. 아이가 아침 식사 시간에 유난히 툴툴댔다. 나는 그 태도가 몹시 못마땅했다. "아침부터 왜 그런 표정이야? 얼굴 좀 펴고 다니지!"라는 말이 입에서 빙빙 맴돌았다. 그런데 그 말이 입 밖으로 나오려던 찰나, 아이 곁에 앉아 있는 은이가 보였다. 난 생각했다. '은이가 툴툴댔다면 나는 어떻게 했을까? 어디가 아픈 건 아닌지, 왜 기분이 안 좋은지 더 주의 깊게 살피지 않았을까?' 그래서 나는 잔소리 대신 아이에게 이렇게 물었다.

"아들, 오늘 아침에 기분이 좀 안 좋아 보이는데 무슨 일 있어?"

아이는 오늘 해야 할 일이 너무 많아 짜증이 난다고 했다. 우리는 대화를 이어갈 수 있었고, 아이의 스트레스를 줄여 주는 방법을 함께 찾을 수 있었다.

다 은이 덕분이었다. 나는 은이를 통해 또 배운다. 그리고 조금 더 좋은 엄마가 되어 간다. 이런 마음을 확장해 간다면 타인에게도 좀 더 좋은 사람이 되어 줄 수 있겠다는 기대가 생긴다. 동물책만 내는 출판사를 운영하는 김보경 작가가 '동물을 만나고 좋은 사람이 되었다'고 고백하듯, 나 역시 그런 것 같다. 은이 덕분에 나는 오늘도 자란다.

덜 중요한 생명은

없다

"당신의 반려견이 딱 한마디만 할 수 있다면 어떤 말을 했으면 좋겠습니까?"

한 반려동물 커뮤니티에 올라온 질문이었다. 이 질문에 대다수의 반려인은 이렇게 답했다.

"나 아파요."

그만큼 반려인에게 반려동물의 건강은 늘 마음 졸이는 일이다. 아픈 걸 숨기려 하는 데다 인간의 말을 하지 못하는 반려동물의 질병을 알아차리는 것은 온전히 반려인의 몫이다. 나 역시 가장 걱정하는 것 중 하나가 바로 은이의 건강이다. 그래서 나는 동물 병원에 무척 자주 간다. 동물 약국이나 병원에서 구입해 두고 집에서 먹여도 되는 심장사상충 약도 일부러 한 달에 한 번 병원에 가서 먹이고, 그날 병원에서 목욕을 시킨다. 자주 병원에 가는 것만이 은이 몸에 생긴 변화들을 빨리 알아차릴 방법이라 믿기 때문이다.

은이의 건강에 문제가 생기는 일이 이토록 두려운 것은 단지 병을 알아차리지 못할까 봐 겁니는 마음 때문만은 아니다. 사람이 아플 때는 그 심각성이나 치료 가능성만을 떠올린다. 하지만 반려동물이 아플 때 반려인이 겪는 심리적 압박은 사람이 아플 때와는 사뭇 다르다. 반려동물의 의사를 물을 수 없으니 동물의 뜻을 대신해 치료 여부와 방식을 결정해야 하고, 한편으로는 경제적 안전장치가 전혀 없는 동물 병원 시스템 속에서 비용을 따지게도 된다. 반려동물의 질병을 마주하는 것은 사람이 아플 때라면 하지 않아도 될 고민과 갈등까지 짊어져야 하는, 반려인으로서 감당해야 하는 가장 무겁고 힘든 일 중 하나다.

대신 결정해야 하는 마음

반려인 카페를 통해 알게 된 한 지인은 여섯 살 된 강아지 또리가 다리를 저는 것을 발견했다. 잘 뛰고 걷던 또리는 어느 날 산책할 때 왼쪽 뒷다리를 절기 시작하더니, 점차 저는 빈도가 늘었다. 지인은 또리를 동물 병원에 데려 갔고, 슬개골 탈구 2기라는 진단을 받았다. 반려견에겐 빙판처럼 느껴지는 미끄러운 실내 공간, 점프해 오르고 내려야 하는 침대와 소파 등 인간 위주의 환경은 소형견에게 슬개골 탈구를 자주 일으킨다. '작은 개'를 선호하는 한국적 정서에 맞춰 더 작아진 한국의 소형견들은 유전적으로 슬개골 탈구에 매우 취약해졌다고 한다.

지인은 병원에서 '지금이 수술의 적기'라는 말을 들었다. 아직 젊은 나이라 위험부담도 적고, 살아갈 날이 많은 아이이니 수술로 다시 뛰어다닐 수 있게 도와 주라는 권고였다. 지인은 다른 가족들과 상의해 수술을 결정했다. 그럼에도 그는 막상 수술과 마취 동의서에 사인을 할 때 오랫동안 망설였다고 했다. 수술을 받아야 하는 또리의 의사를 전혀 알 수 없다는 게 괴로웠고, '또리는 수술을 하지 않고 약이나 보조제를 복용하면서 조심하며 살아가기를 원하는 건 아닐까?' 같은 생각이 자꾸만 들었다고 했다.

결국 또리는 수술을 받았고, 결과는 성공적이었다(지금 또리는 여기저기를 날아다니듯 뛰어다닌다). 하지만 수술 후 완전히 회복될 때까지 고통스러워하고, 목에 넥카라를 한 채 움직임을 제한당하는 또리를 지켜보면서 지인은 '또리도 원한 일이었을까?'를 하루에도 수십 번씩 생각했다고 했다.

이처럼 반려동물이 아플 때 반려인은 아픈 당사자의 의사를 모른 채 치료 여부와 방향, 치료받을 병원을 모두 대신 정해야 한다. 이는 나 자신이나 사람 가족이 아플 때와는 다른 심리적 무게로 다가온다. 게다가 치료 결과가 좋지 않았을 경우, 그런 선택을 한 자기 자신을 탓하며 오래도록 죄책감에 시달리기도 한다.

반려묘의 암 투병기를 담은《길고양이로 사는 게 더 행복했을까》의 저자 박은지 작가가 〈오마이뉴스〉에 기고한 한 글에서 적었듯, "한 생명을 자신의 삶에 들여놓는다는 것은 놀랍고 행복한 경험이지만, 동시에 내가 아닌 다른 생명의 삶을 결정하는 일은 어렵고 두렵기도 한" 일인 것이다.

사람이라면 고민하지 않았을 문제들

더 안타까운 건, 이 같은 심리적 무게에 경제적 무게까지 더해진다는 것이다. 반려동물 의료 비용에 대한 사회적 보장이 없는 상황에서 반려동물의 생명값은 반려인과의 관계와 반려인의 경제적 여건에 전적으로 달려있다 해도 과언이 아니다.

은이가 다니는 동물 병원에는 장애가 있는 강아지 한 명이 살고 있다. 사람으로 치면 뇌병변과 유사한 질환을 앓고 있는데 뇌의 일부가 손상돼 몸을 움직이는 게 자유롭지 못하다. 인간의 관점에서 보기엔 무척 불편해 보이지만, 이 강아지는 자신의 움직임에 적응해 천천히 걸어 다니고, 밥도 물도 찾아 먹고, 동물 병원을 찾는 손님들에게 다가와 반가움을 표현하기도 한다. 내가 이 병원을 처음 방문했을 때부터 지금까지 7년 넘게 나름의 방식으로 잘 살아가고 있다.

병원이 조금 한가했던 날. 은이의 주치의이기도 한 병원의 원장님은 이 강아지의 사연을 들려 주셨다. 아이가 어렸을 때 장애가 있음을 안 이 강아지의 보호자는 아이를 데려와 안락사를 요구했다고 한다. 하지만 아이의 건강 상태를 살펴본 원장님은 장애가 있긴 하지만 건강한 아이임을 알았고, 보호자의 요구를 들어 줄 수 없었다고 했다. 그래서 포기 각서를 받고, 병원의 식구로 받아들였다. 그리곤 이렇게 덧붙였다.

"반려동물의 생명값은 반려인과의 관계에 따라 달라지는 경우가 많아요. 치료가 가능하고 처치를 해 가며 잘 관리하면 오래도록 함께할 수 있는 경우에도, 사람이라면 고민하지 않았을 비용과 보호자의 불편을 문제로 포기하는 경우가 종종 있어요. 제가 병원을 운영하면서 경험한 바로는 대체로 치료비가 600만 원이 넘어가면 치료를 포기하는 분이 많은 것 같아요."

이후 참 많은 생각을 했다. 과연 나는 은이의 치료비를 얼마까지 감당할 수 있을까. 지금 생각으로는 수천만 원이 들더라도 오래오래 함께하고 싶은 마음뿐이지만, 은이가 고통스러워하는 모습 앞에서도, 완치 여부가 불확실한 상황에서도 이런 마음으로 치료에 전념할 수 있을까. 다른 가족들과 은이의 건강 문제로 갈등이 생기지는 않을까. 두려운 생각이 들었다.

반려동물도 사람처럼 치료받을 수 있다면

나는 이런 고민을 원장님께 말씀드렸고 원장님은 은이를 위한 적금을 들어 보라 하셨다. 펫보험도 있지만 아직은 실효성이 낮은 편이라며, 매달 적금을 들어 나중에 질병 관리가 필요하게 될 때 사용한다면 조금이라도 심리적 안정감을 가질 수 있지 않겠느냐고 말이다. 그래서 나는 몇 년 전부터 은이를 위해 매달 적금을 붓고 있다. 은이가 오래오래 건강하길 바라는 마음으로, 은이가 아프지 않고 지내서 이 적금이 나중에 나의 자산이 되기를 바라는 마음으로, 하지만 혹여라도 은이가 아프다면 후회 없이 돌볼 수 있기를 바라는 마음으로 말이다.

적금을 들고 은이의 미래를 위해 무언가를 한다는 생각에 마음이 조금 편해지긴 했다. 하지만 반려인의 생각이나 태도에 전적으로 자신의 생명을 의지하는 반려동물의 처지를 생각해 보면 여전히 마음 한편이 아릿해져 온다. 더욱이 함께 사는 사람 가족의 경제적 여건이 반려동물의 생명과 건강에 절대적 영향을 미치고 있다는 점을 떠올리면 쓸쓸한 마음들이 밀려온다. 자신에게 생명을 모두 맡기는 반려동물과 함께하는 반려인이라면, 생명에 대한 감수성을 더 민감하게 키워 가야 반려동물이 억울한 일이 없겠구나 하는 생각이 들었다.

그런데 과연 반려동물의 생명값이 전적으로 반려인의 생명 감수성에만 달린 일이라고 할 수 있을까? 적어도 경제적인 부분은 사회적인 시스템이 뒷받침된다면, 반려동물의 생명이 조금은 더 평등하게 존중받을 수 있지 않을까 싶다. 사람이 의료보험 제도의 도움을 받아 경제적 능력에 상관없이 어느 정도 '평등한' 의료 서비스를 받고, 돈 때문에 삶을 포기하는 일을 최대한 피해 갈 수 있듯, 반려동물을 위한 의료 서비스도 사회제도 안으로 들어간다면 어떨까. 여전히 제각각인 동물 병원의 진료비가 제도적으로 정해지고, 반려동물을 입양할 때 사람처럼 공적 보험에 가입해 이를 통해 의료 서비스들을 받을 수 있다면, 경제적 문제로 반려동물의 생명을 포기해야 하는 안타까운 일은 줄어들 것이다. 그렇게 된다면 반려인의 심리적 무게와 갈등도 줄어들고, 아프다는 이유로 버려지는 유기 동물도 줄어들 테니 사람과 동물 모두에게 이로운 일이 아닐까.

어떤 생명은 덜 중요하다는 생각. 이것이 모든 악의 근원이다.

의사이자 인권활동가인 폴 파머의 말이다. 나는 '어떤 생명'에 동물도 포함되어야 한다고 생각한다. 모든 생명이 소중하다는 것이야 근거를 댈 필요도 없는 '당연한 진리'지만, 인간 중심적인 세상의 관점에서 따져 봐도 이는 매우 필요한 일이다.

미국의 의학박사이자 반려인인 아이샤 아크타르의 《동물과 함께하는 삶》에 따르면 미국의 징신과 의사 맥도널드는 1960년대에 어린 시절의 동물 학대가 폭력성을 예견한다고 주장한 바 있다. 이후 여러 연구가 이어졌고, 미국심리학회는 1987년 정신질환 진단 매뉴얼인 DSM-III에 동물 학대를 반사회적 인격장애 진단 기준에 공식적으로 포함시켰다. 2001년엔 미국의 심리학자 프랭크 애시언이 그간의 연구들을 종합해 폭력적 범죄를 저지른 성인 가운데 4분의 1에서 3분의 2가 동물 학대를 발달상의 특징적 이력으로 보인다고 발표하기도 했다. 동물의 생명을 함부로 여기는 이들은 인간의 생명도 함부로 대할 확률이 높다는 것이 입증되고 있는 것이다.

이를 뒤집어 본다면, 동물의 생명을 소중히 여기는 이들은 사람에게도 폭력을 행사하지 않는다는 걸 알 수 있다. 인간 중심으로 편제된 이 지구에서 동물들은 가장 약한 자의 자리에 놓여 있다. 가장 약한 자의 생명도 차별을 두지 않고 돌보는 사람이 많아지고, 생명의 가치가 평등하게 보장되는 제도들이 마련된 사회라면 당연히 인간에게도 더욱 안전한 곳이 되지 않을까.

반려인들은 생명의 평등함을 매 순간 체험하며, 한 생명을 책임지고 있다는 묵직한 무게감 속에서 살아간다. 이같은 반려인들의 경험이 널리 알려지길, 그래서 보다 많은 사람이 생명에 대한 감수성을 좀 더 섬세하게 가꿔 갈 수 있기를 바란다. 무엇보다 생명 존중을 잘 실천할 수 있도록 (특히 경제적인 이유로 생명을 포기하는 일이 생기지 않도록) 사회적 시스템이 갖춰진다면 정말 좋겠다.

모든 생명은 평등하다.

2장

더 좋은 사람이 되어야지

완전히 '다른 존재'를 삶 속에 받아들이고, 일상에서 '다름'을 알아 가는 것은 '존중'을 배우는 과정이기도 하다. 사람을 넘어 '다른 종'을 존중하고 배려하는 마음은 사람에 대한 존중도 더욱 깊게 만들었다. 그리고 그 시작은 역시 은이였다. 함부로 판단하지도, 평가하지도 않는 진정한 존중의 태도를 먼저 보인 것은 은이였으니 말이다.

나의

마음 선생님

　나의 직업은 상담심리사다. 마음이 고통스럽거나 심리적 성장을 원하는 사람들을 돕는 것이 내가 하는 일이다. 이를 위해 가장 중요한 것은 사람들을 대하는 태도다. 인간중심 상담의 창시자 칼 로저스는 상담자가 지녀야 할 태도로 '공감적 이해', '무조건적 긍정적 존중', '진정성(혹은 일치성)' 세 가지를 제시했다. 이는 모든 상담의 전제가 되는 상담자의 가장 기본적인 태도다. 이 세 가지가 진심에서 우러나와야만 마음은 진정으로 연결되고, 그 연결을 통해 상처들이 치유되고, 보다 나은 삶을 꾸려 갈 할 힘을 얻게 된다.

　상담자로 살아오면서 나는 이 세 가지를 늘 훈련해 왔고, 상담실은 물론 일상에서도 실천하고자 애를 쓴다. 하지만 이런 자세를 유지하는 것은 상담 경력이 15년을 넘긴 지금도 그다지 쉬운 일이 아니다. 불쑥불쑥 내 안의 갈등이나 욕망이 일어나 이를 실천하는 것을 방해하곤 한다. 그럴 때 나는 선배나 동료들에게 조언을 구하거나 사례집을 읽으며 마음을 다지곤 했다. 그런데 은이와 함께 살면서부터 한 가지 다른 처방이 생겼다. 바로 은이를 관찰하거나 은이의 모습들을 떠올려 보는 것이다. 함께한 지난 시간 동안 내가 지켜본 은이는 상담자의 필수 태도 세 가지를 너무나 자연스럽게 실천하는 탁월한 상담자였다.

공감적 이해

'공감적 이해'는 마치 상대방이 된 것처럼 그 사람의 감정에 함께 머물되, 감정에 매몰되지는 않는 태도다. 상대방의 감정을 민감하게 알아차리고 이를 공감적으로 이해한 후 이해한 바를 상대방에게 표현하는 것까지를 포함한다. 공감적으로 이해된 감정을 돌려받을 때 우리는 위로받았다고 느끼고, 자신의 감정을 보다 잘 수용할 수 있게 된다.

남편이 직장에서 엄청난 실수를 하고 돌아온 날이었다. 웬만해서는 눈물을 보이지 않는 남편이 집에 오자마자 소파에 앉아 얼굴을 파묻고 울기 시작했다. 나는 너무나 마음이 아팠다. 하지만 어떤 말을 해야 공감을 전할 수 있을지 전혀 생각이 나질 않았다. 그를 안아 주고 싶었지만 평소에 잘 안 하던 행동이라 어색할 것만 같았다. 그저 조금 떨어져 앉아 그를 바라보는 게 전부였다.

그런데 은이가 등장했다. 은이는 남편에게 다가가 무릎으로 파고들었다. 그러더니 남편이 얼굴을 감싸고 있는 팔을 부드럽게 핥기 시작했다. 마치 '아빠 마음 내가 다 알아요'라고 공감해 주는 듯했다. 은이의 행동에 나도 용기가 났다. 나는 남편에게 다가가 등을 두드리며 포옹해 주었다. 우리 셋은 그렇게 서로의 체온을 나누었다. 잠시 후 남편은 눈물을 그쳤고, 샤워를 하며 마음을 가다듬었다. 그러고는 이렇게 말했다.

"은이가 와서 핥아 주는데 정말 위로가 되더라. 진짜 신기하고 대견한 녀석이야."

이날 은이가 보여준 태도는 '공감적 이해'였다. 남편의 감정을 알아차리고, 함께 머물러 주며, 핥아 주는 행위로 자신이 그 마음을 알고 있다는 위로까지 전달했으니 그야말로 멋진 '공감적 이해'였던 셈이다. 말 한마디 없이 이렇게 큰 공감과 위로를 전하는 은이는 정말 능숙한 상담자 같았다.

무조건적 긍정적 존중

'무조건적 긍정적 존중'은 상대방에 대해 어떤 평가나 판단도 하지 않고, 상대방이 느끼는 바를 있는 그대로 수용해 주는 태도다. 어떤 감정이나 생각, 행동이라도 그 사람에게는 가치 있는 것이라 여겨 줄 때 서로의 마음을 나눌 수 있다.

주말 밤, 아이의 방에서 짜증스러운 한탄이 들려왔다. 나는 아이 방으로 달려갔다. 아이는 "오늘 제대로 한 게 하나도 없어!"라며 화를 내기 시작했다. 완벽주의적 성향이 강한 아이는 자신이 목표한 바를 다 해내야지만 마음이 편안해진다. 하지만 그날 아이는 원하는 만큼 해내지 못했고, 그런 자신에게 화를 내고 있었다.

나는 아이의 이런 성향과 지금의 짜증스러운 마음을 존중해 줘야 한다는 걸 알고 있었다. "잘해내려고 했는데 마음먹은 대로 다 해내지 못해서 속상하구나"라며 아이의 감정을 수용해 주는 태도가 절실한 순간이었다. 하지만 나는 아는 바를 실천할 수 없었다. '저렇게 자신을 몰아붙여서 어떡하지?'라는 걱정이 앞섰고, 결국 아이에게 "그렇게 스스로를 괴롭히면 어떡하냐"며 잔소리를 하고 말았다. 자기 자신을 지나치게 몰아붙이는 것은 '옳지 못하다'는 평가와 판단이 개입된 태도였다. 당연히도 아이의 분노는 더 커져만 갔다.

그때 은이의 발자국 소리가 들렸다. 은이는 방문 사이로 빼꼼히 우리를 쳐다봤다. 그러더니 아이 곁에 몸을 밀착하고 앉았다. 딱 아이의 손이 닿는 위치였다. 아이를 지긋이 바라보는 은이의 눈빛은 '많이 속상하구나'라고 말해 주는 듯했다. 아이는 은이를 쓰다듬었고, 이내 눈물을 그쳤다. 그렇게 아이의 마음은 진정되었고, 우리는 대화로 문제를 풀어 갈 수 있었다.

이 모두가 은이의 무조건적 긍정적 존중 덕분이었다. 나는 걱정과 판단하는 마음, 그리고 아이에 대한 바람이 뒤범벅돼 아이의 마음을 무조건적으로 존중할 수 없었다. 하지만 은이는 달랐다. 그 어떤 판단도, 평가도, 바람도 투사하지 않고 지금 힘든 아이의 감정을 아무런 조건 없이 수용해 줬다. 엄마이자 상담자인 나보다 훨씬 더 든든한 아이의 지지자였다.

진정성

'진정성(혹은 일치성)'은 자신의 감정이나 생각들을 부인하거나 억압하지 않고 자연스럽게 받아들이는 태도다. 내가 느끼는 감정들을 알아차리고 겉과 속이 다르지 않은 태도로 상대방을 대하는 것을 뜻한다. 이는 앞서 이야기한 '공감적 이해'와 '무조건적 긍정적 존중'을 실천하기 위한 전제 조건이기도 하다.

부부 싸움을 할 때였다. 사소한 일이었지만, 우리는 감정이 격해졌고, 마침내 언성이 높아졌다. 은이는 그런 우리를 바라보더니 '깽깽'거리며 짖어댔다. 싸우는 모습을 보고 느낀 불안감을 그대로 표현한 것이었다. 마치 '엄마 아빠 싸우는 것 싫어요'라고 말하는 듯한 은이의 짖는 소리에 마음이 움찔해졌다. 우리는 목소리를 낮추고 침대에 앉아 대화를 하기 시작했다.

그러자 은이는 침대에 뛰어올라 나와 남편 사이에 배를 드러내며 누웠다. 그리고 우리의 손을 번갈아 가며 툭툭 건드렸다. 자신의 배를 쓰다듬으라는 표시였다. 우리의 언성이 낮아지자 기분이 좋다는 뜻 같았다. 우리는 은이의 사인을 거부할 수 없었고 함께 은이의 배를 쓰다듬었다. 그 보드라운 촉감에 마음은 점차 차분해졌고, 날 선 감정과 생각들이 잦아들었다. 우린 그렇게 곧바로 화해의 길로 들어섰다.

이날 우리의 화해엔 은이의 몫이 컸다. 은이는 우리를

지켜보며 자신의 마음을 솔직하게 드러냈다. 싸울 땐 불편하고 불안하다고, 화해했을 땐 기쁘다고 진실한 마음을 보여 주었다. 이는 감정과 행동을 일치시키고 적절하게 개방한 진정성 있는 태도였다. 은이의 이런 태도는 우리의 다툼이 주변에 미치는 영향을 알게 했고, 언성을 높이기보다 대화로 문제를 해결할 수 있게 했다.

내게 와 줘서 고마워

이처럼 은이는 로저스가 말한 '공감적 이해', '무조건적 긍정적 존중', '진정성'을 일상에서 자연스럽게 실천하는 탁월한 상담자다. 은이는 우리 각자의 마음이 힘들 때, 혹은 서로가 갈등 상황에 있을 때 능숙한 상담자의 태도로 우리를 대한다. 덕분에 은이와 함께하면서 우리 가족은 훨씬 화목해졌다. 이는 의학적으로도 근거가 있다. 반려견을 쓰다듬을 때 분비되는 '옥시토신'이라는 호르몬은 사랑을 솟게 하고 기분을 좋게 하는 역할을 한다. 이는 은이의 상담자 같은 태도가 신체적으로도 의미가 있다는 뜻이다. 은이는 약물 치료의 몫까지도 하고 있는 셈이다.

칼 로저스는 앞서 언급한 세 가지 태도가 일상으로 확

대되어 사람들이 서로를 이런 태도로 대할 때 보다 평화로운 세상이 될 것이라고 했다. 나는 이 말이 정말 맞다고 생각한다. 은이가 자연스레 실천하고 있는 이 세 가지는 우리 가족을 평화롭게 한다. 이렇게 평화로운 가정이 하나둘 늘어난다면 정말 세상도 좀 더 평화로워질 것이다. 어쩌면 반려견과 함께 사는 것은 평화를 만들어 가는 일인지도 모른다. 4.5킬로그램의 작은 은이가 가져온 변화는 정말 놀랍기만 하다. 그러니 또다시 이 말이 나올 수밖에.

"은이야. 내게 와 줘서 정말 고마워!"

인간 중심의

말들

　은이와 살면서 우리 가족은 조건 없는 사랑이 무엇인지 알아 갔다. 은이가 보여 주는 공감과 있는 그대로 상대방을 존중하는 진솔한 태도는 많은 심리학자가 말하는 치유와 성장의 근본적인 조건과 매우 유사했다. 그 덕분에 우리 가족은 서로의 다름을 보다 잘 존중하게 됐고, 각자가 조금씩 더 성장하고 있음을 느낀다.

　나는 비단 이것이 우리 은이만의 능력은 아니라고 생각한다. 주변의 반려인들 역시 반려동물과 함께 살면서 가족이 훨씬 더 화목해졌다고, 자신들이 좀 더 좋은 사람이 된 것 같다고 이야기한다. 미국의 작가 캐럴라인 냅은《개와 나》에서 개에게 자신의 상처와 욕망을 비춰 보고 개가 전하는 존중을 통해 치유되어 가는 사람들의 모습을 자세히 묘사한 바 있다. 아이샤 아크타르도《동물과 함께하는 삶》에서 "동물들과의 깊은 감정적인 상호작용은 우리 내부의 균형과 조화를 회복시킨다"고 적었다. 분명, 개가 보여주는 '있는 그대로' 존중하는 태도는 사람의 마음을 치유하고 성장시킨다.

그런데 과연 우리는 개를 어떻게 대하고 있을까. 개와는 달리 무엇이든 평가하고 비교하길 좋아하는 사람들은 개를 '있는 그대로' 존중해 주지 못한다. 게다가 사회문화적 영향에서 자유로울 수 없는 우리 인간은 그가 속한 사회 특유의 시선으로 개들을 바라본다. 내가 은이와 함께하면서 들어온 말들만 떠올려 봐도 그렇다.

유기견은 안 돼요

2015년, 은이를 입양한 지 얼마 안 됐을 때의 일이다. 은이와 산책 중에 같은 동에 사는 반려인 이웃을 마주쳤다. 그렇지 않아도 동물 병원은 어디가 좋은지, 사료는 무얼 먹이는 게 좋은지 자잘한 조언을 얻고 싶었던 나는 이웃에게 반갑게 인사를 했다. 사람을 좋아하는 은이는 처음 본 이웃에게도 꼬리를 치며 반가움을 표시했다. 그러자 이웃은 이렇게 말했다.

"사람을 반기는 걸 보니 사랑을 많이 받고 자란 개네요. 유기견들은 사람을 너무 경계하고 정도 잘 안 주고 버릇도 나쁘더라고요. 어디서 분양받으셨어요?"

나는 순간 멈칫했다. 차마 '유기견 보호소'에서 만났다고 말할 용기가 나지 않았다. 결국 난 이렇게 얼버무리고 말았다.

"친구가 키우던 강아지인데 외국으로 가게 되면서 제가 키우게 됐어요."

지금 돌아보면 참 낯 뜨겁고 민망한 발언이지만, 나는 이후로도 한동안 친구가 3년 키운 개라고 은이를 소개하고 다녔다. 그때 내 마음은 이랬다. 은이가 쓸데없는 편견에 노출되는 게 싫었다. 어릴 적부터 주변과 대중매체를 통해 익히 보아 온 '불우한 환경에서 성장한 사람은 어딘가 결핍이 있을 것'이라 생각하고 멀리하려는 사람들의 모습을 나는 기억하고 있었다. 이웃의 발언은 이런 편견이 유기견에게도 향하고 있음을 알게 했다. 나는 은이가 이런 시선을 받을까 두려웠고 나도 모르게 저런 거짓말이 술술 나왔던 것이다.

그 후 시간이 흐르면서 환경은 달라졌다. 이젠 '사지

말고 입양하세요' 캠페인이 벌어지고 있고, 우리 개가 '보호소 출신'이라는 게 더 이상 부끄러운 일이 아니게 됐다. 나역시 언제부턴가 우리가 보호소에서 만났다고 당당하게 말한다. 이제는 정말로 은이가 유기견 출신임이 전혀 부끄럽지 않다. 하지만 내가 이렇게 은이를 소개하면 대체로 이런 반응이 돌아온다.

"아이고, 좋은 일 하셨네요. 은이는 참 복이 많아요."

나는 칭찬인 듯한 이 말을 들을 때마다 어딘지 씁쓸한 마음이 밀려온다. 개를 '사는 것'이 더 일반적이고 정상적인 일이고 '유기견 입양'은 봉사처럼 여겨지는 것 같아서 말이다. 물론 '유기견은 안 돼요'에 비하면 훨씬 나아진 시선이긴 하다. 하지만 나는 생명 존중의 폭이 조금 더 넓어지기를 늘 바란다. 유기견 입양이 '좋은' 일이 아닌 '당연한' 일이 된다면, 생명은 사는 것이 아니라는 게 상식이 된다면 정말 좋겠다.

무슨 몰티즈가 이렇게 커요?

은이는 4.5킬로그램의 매우 보드라운 흰 털을 가진 몰티즈다. 혈통서 같은 것을 받아 본 일은 없지만 은이를 소개받을 때부터 '몰티즈'라고 들었고, 처음 데려간 동물 병원에서도 은이의 외모를 보고는 '몰티즈'라고 차트에 적어 넣었다. 은이와 함께 길을 나설 때 나는 종종 이런 질문을 받는다. "어머~ 얘는 종류가 뭐예요?" 나는 당연히 "몰티즈예요"라고 답한다. 그러면 종종 이런 반응이 돌아온다.

"무슨 몰티즈가 이렇게 커요? 비숑이랑 섞인 거 같은데요? 푸들하고 섞였을 수도 있겠어요."

나는 인터넷에서 '몰티즈'에 대해 찾아봤다. 인터넷 견종 백과에서는 몰티즈의 특징을 흰색 직모와 3킬로그램 이내의 작은 체구라고 요약하고 있었다. 나는 그제야 사람들이 이해가 됐다. 은이는 딱 보기에도 3킬로그램은 훌쩍 넘겨 보이는 단단한 체구를 지녔고, 나의 형편없는 빗질 실력 덕에 털은 늘 조금 곱슬거린다. 사람들이 의아해할 만도 하다 싶었다.

하지만 한편으로 사람들의 이런 반응에 반감이 올라왔다. 순종 몰티즈면 더 가치 있고, 비숑이나 푸들과 섞인 강아지면 가치가 없다는 뜻인가 싶기도 했고, 견종도 제대로 안 알아보고 개를 키우냐는 듯한 시선이 느껴지기도 했다. 그런데 이런 시선이 왠지 낯설지 않은 것 같았다. 익숙한 느낌과 함께 살면서 만나 온 몇몇 장면이 떠올랐다.

어린 시절 외모나 피부색이 조금 다르다는 이유로 놀

림을 받았던 한 친구, 인종이 다르다는 이유로 힘든 시간을 보냈다는 한 유명 가수가 TV에서 털어놓은 고백, 이름 대신 '다문화'로 불리며 배려를 가장한 차별에 시달리는 아이들의 사연을 담은 책의 구절들, 그리고 이런 사연을 지닌 몇몇 내담자의 얼굴……

그러자 알 수 있었다. 순종견을 선호하는 우리 사회의 모습은 '단일민족'임을 자랑으로 내세우며 우리와 다른 이들을 배척해 온 한국 특유의 정서와 다르지 않다는 것을 말이다(나는 초등학교 때 우리가 단일민족이어서 일본보다 우수하다고 배웠던 것을 여전히 생생히 기억하고 있다). 하지만 다양성 수용의 폭이 넓은 문화권에서는 개의 품종을 잘 따지지 않는다. 다문화 사회를 지향하는 캐나다에 거주하는 한 이웃의 보고에 따르면 캐나다인들은 반려견의 유전자 검사 결과 여러 종이 혼합되어 있으면 "우리 개는 비숑 40퍼센트, 몰티즈 30퍼센트, 푸들 30퍼센트래요. 세상에 하나밖에 없는 특별한 개죠"라며 더 반기는 분위기라고 한다. 내가 캐나다에 잠시 거주했을 때도 산책하다 만나는 캐나다인들은 대체로 품종이 아닌 은이의 고유한 이름을 물어 왔다. '품종'을 먼저 묻는 질문에는 다양성을 잘 받아들이지 못하는 한국 사회의 분위기가 그대로 반영되어 있었던 셈이다.

이를 인지한 후로 나는 은이의 견종을 묻는 사람들에

게 더 이상 '몰티즈'라고 답하지 않는다. "그냥 우리 개예요" 라고 답할 뿐이다. 그러던 어느 날 나는 은이와 산책을 하다 은이의 품종이 아닌 '이름'을 물어봐 주는 이웃을 만났다. 나도 그 이웃 곁에 있던 개의 이름을 물었고, 우리는 함께 산책을 했다. 서로를 고유한 '이름'을 가진 존재로 대했던 그 이웃과의 산책 시간은 너무나 편안하고 정겨웠다.

개도 사람도 '출신'이나 '종류'가 아닌 이름을 가진 하나의 고유한 존재로 바라봐 준다면 얼마나 좋을까. 그렇게 된다면 보다 솔직하게 서로를 드러내고 존중해 주는, 편안하고 정겨운 일상을 만들어 갈 수 있지 않을까. 이날 이웃과 함께 걸었던 그 시간처럼 말이다.

"꺅" 혹은 "아이고, 예뻐라"

은이와 산책을 하면서 나는 별 의미 없어 보이는 '감탄사'도 많이 듣는다. 그런데 이런 감탄사들이 들려오면 사람들은 꼭 어떤 행동을 한다.

먼저 "꺅~!". 외마디 비명에 가까운 이런 감탄사를 내뱉는 사람들은 대체로 '무섭거나 더럽다'며 은이를 피한다. 목줄을 짧게 매고 있고, 은이는 그저 길을 걷고 있을 뿐인데도 몇몇 사람은 혐오스러운 표정을 짓는다. 내가 안전하다는 사인을 보내도 이들은 대체로 나까지 쏘아본다. 아이들이 개를 무서워한다면 나는 은이를 기꺼이 안아 올린다. 하지만 이런 내 앞에서 아이의 보호자는 마치 들으라는 듯 이렇게 말하기도 한다. "더러워. 돌아가자." 그럴 때 은이는 멈칫한다. 내 마음도 어딘가 딱 굳어 버린 느낌이 든다.

다음은 "아이고, 예뻐라!". 이런 감탄사가 어디선가 들려오면 누군가가 은이를 향해 돌진해 온다. 그러곤 은이의 동의는커녕 나의 동의도 없이 은이에게 손을 갖다 댄다. 물론 사람이라면 다 반기는 은이는 이들에게도 기꺼이 꼬리를 흔들며 자신의 털을 내어 준다. 하지만 나는 안다. 갑작스러운 큰 소리와 손길에 은이가 때론 놀라고 있음을. 배변을 위해 멈춰 서거나, 새롭고 재밌는 냄새에 푹 빠져 있을 때 누군가가 다가오면 은이가 움찔하는 것을 나는 종종 느낀다. 이럴 때마다 예뻐해 줘서 고맙기는 하지만, 침해받았다는 생각이 드는 건 어쩔 수 없다.

나는 '꺅!'이라며 피하는 사람들이나 '예쁘다'며 다가오는 사람들이 별로 다르지 않다는 생각을 자주 한다. 개라는 존재가 어떤 존재인지 알아 가거나, 개 역시 한 생명으로서 감정과 의사가 있다는 점은 완전히 무시한 채 '개를 싫어하거나 좋아하는' 자신의 관점으로만 바라보고 있다는 점에서 둘은 별 차이가 없기 때문이다. 이런 태도들은 개를 하나의 생명으로 존중하는 것과는 거리가 멀다.

개들이 항상 불안한 이유

이처럼 내가 은이와 길을 걷다 자주 듣는 말들엔 한국 사회의 폐쇄적이고 지나치게 인간 중심적인 시선이 듬뿍 담겨 있다. 그래서일까, 한국의 많은 개는 '사회성이 없다'는 소리를 듣는다. 실제로 산책 중 만나는 상당수의 개가 다른 개를 만나면 서로를 탐색하거나 인사하기보다는 경계하고 짖어대곤 한다. 어떤 개들은 산책 중 낯선 사람만 보여도 일단 짖고 보기도 한다. 이는 모두 개들이 안전하다고 느끼지 않을 때 하는 행동이다. 편견과 차별이 담긴 시선, 인간 중심적인 손길과 말들은 아마도 집 밖에 나선 개들에게 위협으로 감지됐을 것이다. 사람도 이런 시선에 노출되면 안전하다고 느끼기 힘들 테니 말이다.

사실 은이도 그랬다. 입양 초기, 은이는 사람에게는 과한 친밀감을 표시했지만, 다른 개들은 심하게 경계했다. 한동안은 횡단보도 건너편에 서 있는 개만 봐도 짖어대 난감할 때도 많았다. 나는 이런 은이를 볼 때마다 안쓰러운 마음이 들었다. 사람에 대한 과도한 친밀감 표시는 사랑받으려 안간힘을 쓰는 것처럼 느껴졌다. 개들에 대한 지나친 경계심은 다른 개들과 함께 있을 때 안전을 위협받았던 경험에서 형성된 일종의 방어기제일 터였다. 우리 가족이 되기 전 은이가 경험했을 것으로 추측되는 안전하지 않은 환경들은 은이에게 (특히 개와의) 건강한 상호작용을 배울 기회를 제한했음이 분명했다.

그런데 은이의 이런 행동들이 거짓말처럼 사라진 적이 있었다. 바로 우리 가족이 캐나다에서 거주했던 2년 동안이었다.

매너견이

되는 법

2017년 여름, 우리 네 식구(남편, 나, 아들, 은이)는 캐나다 밴쿠버 공항에 도착했다. 공항의 출입문이 열리고 처음 맨살에 닿은 밴쿠버의 공기는 무척이나 상쾌했다. 무덥고 습한 한국의 여름과 달리 따사로운 햇볕과 시원한 바람, 눈 덮인 산의 풍경이 공존하는 밴쿠버의 여름은 청량 그 자체였다. 아마 은이는 우리보다 더 극적인 상쾌함을 느꼈으리라. 인천공항에 도착해서 밴쿠버 공항에 내릴 때까지 15시간 정도를 화장실 한 번 못 가고 작은 기내용 가방 안에 앉아 있어야 했으니 말이다. 이제 막 자유롭게 몸을 움직이게 된 은이는 한껏 꼬리를 치켜세우고 이곳저곳 냄새를 맡아보다 시원하게 소변을 봤다. 은이의 소변을 보자 내 마음에도 안도감이 들었다.

이렇게 우리 가족의 캐나다 생활이 시작됐다. 남편의 해외 연수차 계획된 2년간의 한시적 머무름이었다. 한국에서 인터넷으로 고른 집을 찾아가 짐을 풀고, 은행 계좌를 만들고, 가구를 사들이고, 일상의 기반을 마련하느라 처음 며칠은 무척 분주했다. 그중 하나는 은이를 캐나다 밴쿠버 시에 등록하는 일이었다. 공항에서 입국 심사를 받을 때 반드시 개를 등록하라는 권고를 받았었다. 인터넷으로 은이의 '전입신고'를 하고 등록비 45캐나다달러를 내자, 며칠 후 '밴쿠버 거주 개'임을 증명하는 도그태그dogtag가 집으로 배달됐다. 마치 주민등록증을 발급받은 기분이었다. 은이가 밴쿠버 사회의 한 구성원으로 받아들여진 것 같아 기분이 참 좋았다.

하지만 은이의 밴쿠버 생활은 순조롭지 않았다. 앞서 밝혔듯 은이는 길 건너편에 지나가는 개만 봐도 짖을 만큼 다른 개들에 대한 경계심이 매우 높았다. 문제는 밴쿠버에 개가 너무 많다는 거였다. 특히 밴쿠버에서도 예쁘기로 소문난 해안 산책로를 끼고 있던 우리 집 주변에는 늘 많은 사람이 개와 함께 걷고 있었다. 산책하기 너무나 좋은 환경이고, 산책로를 따라 조금만 걸으면 반려견 전용 공원도 있는 '개들의 천국'이었지만, 은이는 길에서 만나는 개들을 무서워했다. 산책할 때마다 우리는 다른 개가 없는 골목길을 찾아다니거나 멀리서라도 개가 보이면 은이를 얼른 안아 올려 시선을 돌려야 했다. 은이의 이런 태도는 함부로 짖지 않고 매너 있게 산책하는 밴쿠버의 개들 사이에서 더 도드라졌다. 그렇게 한 달 반 정도를 버틴 나는 한 캐나다 이웃에게 "은이는 아무래도 훈련이 필요한 것 같다. 훈련 프로그램을 알아보라"는 이야기까지 들은 상태였다.

그러던 어느 주말, 우리 가족은 딥코브(캐나다 밴쿠버 인근의 멋진 풍광을 자랑하는 지역)로 피크닉을 갔다. 경치 좋은 곳에 돗자리를 깔고 자리를 잡긴 했지만, 나의 눈은 풍경이 아닌 주변의 개들에게 쏠려 있었다. 은이의 시선이 다른 개한테 닿기 전에 얼른 은이를 안고 일어서야 했다. 그런데 놀라운 일이 벌어졌다. 한 개가 우리 돗자리로 다가왔는데 은이가 짖지 않는 거였다. 은이는 잠시 그 개를 바라보더니 다가오는 걸 허용했고 서로의 엉덩이 냄새를 맡기까지 했다. 나는 얼른 은이에게 간식 한 조각을 주며 칭찬을 해줬다.

거짓말처럼 그 후로 은이는 완전히 달라졌다. 매너 있게 산책을 했고, 함부로 짖지 않았으며, 반려견 공원에서 다른 개들과 어울려 놀기까지 했다. 우리는 은이를 따로 교육시키지 않았고, 단지 교육시키려고 마음먹고 있을 뿐이었다. 다른 개들에게 짖지 않고 지나칠 때 작은 간식 하나를 준 것밖에 없었다. 그것도 두서없이 그랬기에 우리가 준 작은 보상 때문에 다른 개들과 어울리는 법을 배웠다고는 할 수 없었다. 처음에 우리는 은이의 이런 변화가 마냥 신기했고, 훈련소를 알아보던 우리의 마음을 읽은 은이가 '효도'를 하는 것이라 생각하기도 했다.

하지만 지금 그 기억을 돌아보면 분명 이유가 있었다. 나는 한국과는 차원이 다른 밴쿠버의 생명 존중 분위기가 은이를 바꿨다고 믿는다. 우리가 수용과 존중의 경험을 통해 마음의 상처를 치유하고 변화해 가듯, 개들 역시 그렇다.

다른 태도를 보았다

먼저 반려견을 대하는 사람들의 태도가 한국과는 달랐다. 한국에서 은이와 길을 걸을 땐 사람들이 대체로 '내게' 말을 걸어온다. 그것도 출신이나 견종 등 한국적 시선이 가득 담긴 매우 사적인 질문들을 던지면서 말이다. 그렇지 않으면 아무런 동의도 없이 다가와 은이를 만지거나, 무섭다고 피하는 일이 자주 일어났다.

하지만 밴쿠버의 시민들은 달랐다. 이들은 '은이에게' 말을 걸어왔다. 길 가다 은이를 보면 "아이고, 귀여워라. 너는 이름이 뭐니?" 혹은 "내가 좀 쓰다듬어 줘도 되겠니?"라고 은이에게 물었다. 그러곤 은이의 반응을 살피거나 내가 "저희 아이는 쓰다듬어 주는 거 좋아해요"라고 답할 때까지 기다렸다. 공원에서 마주치는 아주 어린 아이들도 은이와 놀고 싶으면 "쓰다듬어도 돼요? Can I pet?"라고 허락을 구했다.

기본적인 매너만이 아니었다. 이들은 '반려동물의 정서'를 매우 중요하게 생각했다. 한번은 미국으로 여행을 가기 위해 은이를 돌봐 줄 반려견 호텔을 알아본 일이 있었다(3박 4일간의 여행을 위해 은이에게 케이지에 갇혀 비행하는 경험을 다시 하게 하고 싶진 않았다). 집 근처에만 해도 직장에 나가 있는 낮 동안 반려동물을 돌봐 주는 데이 케어day care 센터부터 출장이나 여행 시 돌봐 주는 보딩 케어boarding care 센터, 혼자 있는 반려동물을 방문해 놀아 주고 산책을 시켜 주는 방문 케어 센터까지 다양한 반려동물 서비스 업체가 있었다.

나는 이곳들 중 시설이 가장 좋고 평가도 좋은 한 보딩 케어 센터를 찾아갔다. 이곳에선 은이가 적응할 수 있도록 먼저 3시간 정도 연습 삼아 맡겨 보길 권했다. 나는 당연히 은이를 맡기고 호텔을 나서며 3시간 후에 다시 오겠다고 했다. 그러자 그곳 직원은 내게 이렇게 말했다.

"보호자 대기실에서 기다리세요. 오늘 처음인데 불안해하면 어쩌려고 그래요? 불안한 상태로 3시간을 그냥 놔둘 건가요? 기다리다 우리가 괜찮다고 사인을 보내면 그때 다녀오세요."

나는 보호자로서 부끄러운 마음이 들면서도 직원이 개들의 정서를 살피는 마음에 은근 감동을 받았었다. 안전을 넘어 정서적인 편안함까지 고려하며 반려동물을 대하는 밴쿠버 시민들의 마음이 느껴졌다. 그곳의 개들이 그토록 매너 있게 생활할 수 있었던 것은 이런 정서적 안정감에 기반한 것이 아닐까. 기분을 헤아려 주고, 스트레스를 주지 않으려고 애쓰는 이런 마음들이 은이에게도 전달되었을 테고, 이는 은이가 '매너견'으로 변모하는 데 분명 큰 몫을 했을 것이다.

개도 은행에 들어갈 수 있어요

또 한 가지 놀라웠던 일은 반려견과의 일상 공유가 너무나 당연하게 받아들여지고 있다는 점이었다.

밴쿠버에 도착한 둘째 날 우리 가족은 계좌를 만들기 위해 은행을 방문했다. 낯선 집에 은이를 혼자 두는 게 미안해 은이를 데리고 은행에 갔고, 나는 은이를 안고 은행 문밖에서 기다리고 있었다. 개가 은행에 출입하는 것은 당연히 불가능할 테니 나와 남편이 교대로 밖에 나와 은이를 보고 한 명씩 계좌를 만들 계획이었다. 그렇게 잠시 서 있는데 은행 보안요원이 내게 손짓을 했다. 안으로 들어오라는 신호였다. 나는 "개가 있다"고 했지만 보안요원은 "괜찮다"고 했다. 의아해하며 은행에 들어간 나는 놀라고 말았다.

은행 대기실엔 반려견들이 쉴 수 있는 공간이 마련되어 있었고, 물과 간단한 반려견용 간식까지 구비되어 있었다. 그날 은이는 그곳에서 고객인 우리보다 더 열렬한 환영을 받았고, 은행 직원들이 주는 간식을 받아먹으며 우리가 계좌를 개설하는 동안 즐거운 시간을 보냈다.

은행에서만이 아니었다. 자동차를 렌탈하러 갔을 때도, 관공서에 각종 서류와 증명서를 발급받으러 갔을 때도 은이는 동반 입장했다. 시내의 많은 상점은 문 앞에 반려견이나 지나가는 동물들을 위해 물그릇을 내어놓았고, 반려견 동반을 환영하고 있었다. 식당들은 야외 좌석을 마련해 반려견을 동반한 이들이 함께 식사할 수 있도록 배려했다. 여행을 갈 때에도 캐나다 내의 많은 호텔은 30~50캐나다

달러(한화로 3만~5만 원 안팎)를 추가하면 함께 객실에 머무를 수 있었다. 개는 무리 생활을 하고, 가족에 대한 충성도가 높아 가족과 분리되는 것이 매우 스트레스를 받는 일임을 잘 알고 이를 배려한 환경이었다.

반려견 전용 시설도 많았다. 밴쿠버 시내에만 20개가 넘는 반려견 전용 공원이 있었다. 밴쿠버 시에 등록된 개라면 언제든 무료로 사용할 수 있는 이 시설들은 우리나라의 동洞에 해당하는 커뮤니티마다 반드시 한두 개씩은 있어서, 그 동네에 살고 있다면 언제든 걸어서 접근 가능했다. 또한 각급 학교의 운동장은 방과 후에 반려견 운동장으로 개방됐다. 이런 공공시설에서 마음껏 뛰어놀고, 사람은 물론 다른 개들과도 어울리며 자란 밴쿠버의 개들은 자연스레 사회성과 매너를 몸에 익힐 수 밖에 없었을 테다. 실컷 뛰어놀 수 있으니 스트레스와 공격성도 잘 조절할 수 있게 되었을 것이다. 나는 은이 역시 이런 시설을 이용하면서 자연스레 여러 매너를 익혔을 것이라 짐작한다.

반려견의 의무

하지만 반려동물의 출입이 무조건 허용되기만 하는

건 아니었다. 은행, 관공서, 상점 등엔 반려견과 함께 드나들 수 있었지만, 공공시설과 자연보호구역에서는 엄격한 규칙을 따라야 했다. 밴쿠버의 공원, 해변가, 놀이터 등에는 어디든 반려견 정책이 적힌 푯말이 있다. 출입이 가능한지, 목줄을 해야 하는지, 풀어도 되는지 명확하게 표시된 이 푯말들엔 '어길 시 벌금 얼미'라고도 적혀 있었다. 대체로 어린아이들이 많이 이용하는 놀이터나 생태를 보전해야 하는 해변가 등에선 반려견 출입이 금지된다.

집을 구할 때 이용하는 부동산 사이트에도 반려동물과 함께 거주가 가능한지 아닌지가 명시되어 있었다. 동물의 종류와 마릿수까지 상세하게 명시해 두는데, 규정을 어기면 벌금이 부과되기도 한다. 또한 집을 임대할 때는 '펫 보증금'이 따로 붙는다. 반려동물이 집을 훼손했을 경우에 대비하는 것이다.

게다가 반려견들이 지켜야 할 의무도 있었다. 바로 사람이나 반려동물뿐 아니라 함께 살아가고 있는 다른 야생동물을 공격해서는 안 된다는 규정이었다. 한번은 은이가 목줄을 한 채로 캐나다기러기 떼를 쫓아간 적이 있었는데 나는 그때 한 밴쿠버 시민으로부디 반려견이 야생동물을 해치면 벌금을 내야 한다는 설명을 들었다. 그 후로 나는 산책할 때마다 은이가 야생동물에게 함부로 접근하지 않도록 주의시켰고, 은이는 이 매너 역시 몸에 곧 익혔다.

이런 규칙들이 처음엔 낯설고 까다롭게 여겨졌지만, 나는 점차 알게 됐다. 이렇게 규정을 정한 것 자체가 반려견을 사회 구성원으로 인정해 주는 것임을 말이다. 규정을 잘 지키기만 하면 반려인이 비난을 받거나 눈치를 볼 일도, 비반려인이 반려견 때문에 불편할 일도 없었다. 반려인도 비반려인도 반려동물도 모두가 안전하다고 느낄 수 있었다.

아이를 양육할 때 중요한 것은 아이의 본성을 존중해 주고 정서를 수용해 주되, 명확한 한계를 정해 주는 것이다. 존중과 한계 설정을 동시에 경험하면서 아이는 스스로를 사랑하면서도 공동체를 배려하는 사람으로 자라난다. 밴쿠버에서는 반려견들을 이렇게 대했다. 존중과 한계 설정이 함께 이루어지는 환경 속에서 은이는 매너견으로 변모했던 것이다. 이는 은이가 그만큼 안전하게 그 사회를 느끼고 있다는 의미이기도 했다.

우리 가족은 2019년 겨울에 다시 한국으로 돌아왔다. 밴쿠버에 머무는 2년 사이 한국의 반려 문화도 많이 성장해 있었다. 하지만 여전히 한국의 개들은 마음껏 뛰어놀지 못하고, 주변 눈치를 보며, 비슷한 환경에서 역시 스트레스를 받고 자라난 다른 개들을 경계하며 지낸다. 한국에 돌아와 시간이 흐르고 있는 지금, 은이는 다시 '한국스러운' 경계심을 종종 내비친다(물론 예전만큼은 아니다). 사회의 분위기는 사람뿐 아니라 개도 바꾼다.

은이와

지구 한 바퀴

반려인으로 살면서 가장 힘든 점을 묻는다면 나는 늘 '여행' 혹은 '장시간 외출'이라고 답한다. 은이와 함께 여행할 때는 행동의 제약과 주변의 시선으로 인해 몸과 마음이 움츠러들고, 은이를 집에 남겨 두거나 다른 곳에 맡겼을 때에는 은이 걱정으로 마음이 괴롭다. 두 경우 중에 언제나 더 고통스러운 것은 은이를 남겨 두고 떠났을 때다. 함께해서 위축되는 몸과 마음은 불편을 조금 감수하면 해결되지만, 은이를 남겨 두었을 때의 불안은 은이를 다시 만날 때까지 도저히 해소할 수가 없었다.

캐나다행이 결정됐을 때 우리 가족은 당연히 은이도 함께 가야 한다고 생각했다. 시가에서는 은이를 안전하게 돌봐 줄 수 있다 했지만, 2년이나 은이를 두고 온 불안감과 그리움을 감당해 낼 자신이 없었다. 하지만 은이를 데리고 캐나다에 가겠다고 하자, 많은 이가 이렇게 물어 왔다.

"아, 맡길 곳이 없나 봐요. 장기간 봐 주는 애견 호텔도 있을 거예요."

"개가 캐나다에도 갈 수 있어요?"

수속을 위해 건강검진을 받은 동물 병원에서도 이런 말을 했다.

"처음엔 다들 같이 간다고 했다가, 결국 포기하시더라고요. 병원에 1~2년씩 맡기고 가시는 분들도 있는데 대단하세요."

우리는 그렇게 '대단한' 일을 하며 캐나다에 은이와 함께 갔다. 하지만 캐나다에서는 달랐다. 그곳에선 비행기로 개와 여행하는 일이 '당연한' 일 중 하나였다. 도시에서 누리는 일상뿐 아니라, 일상을 벗어나 휴식을 취할 때도 개는 늘 사람들의 삶에 함께하는 존재였다. 반려견과의 해외 이동이 '대단한' 사회와 반려견이 진정한 가족으로 대우받으며 어디서든 '함께하는' 사회. 이 두 사회의 차이를 가장 극명히 느꼈던 순간은 인천과 밴쿠버를 오가는 공항과 비행기 안에서였다. 같은 노선을 이용했고, 같은 시간 동안 공항과 기내에 머물렀지만 갈 때와 올 때의 느낌은 너무나 달랐다.

반려견과 해외로 이동하려면

해외로의 이사는 반려견을 동반하지 않더라도, 무척 신경이 많이 쓰이는 일이다. 낯선 도시에서 일상을 영유하기 위한 비자와 각종 서류를 준비하고, 거주지를 알아보고 짐을 부치는 모든 일은 정신을 바짝 차리고 진행해야 했다. 그중에서도 가장 신경 쓰였던 일 중 하나가 바로 은이를 안전하게 데려가야 한다는 것이었다.

반려동물과 해외로 나가는 일은 국가마다 검역 절차와 요구하는 서류, 공항 계류 여부 등이 매우 상이하다. 게다가 한국에서는 정보를 구하기 힘든 경우가 많아 상대편 국가의 검역 관리 당국의 사이트를 확인하며 정보를 체크해야 했다. 충분히 정보를 모은 후 나는 조금 안도했다. 캐나다는 서류만 잘 갖춰지면 공항 계류 없이 반려동물과 바로 함께 집으로 갈 수 있는, 반려동물 입국 절차가 가장 간단한 나라 중 하나였기 때문이었다. 광견병 접종증명서와 항체가가 포함된 건강증명서, 그리고 국가에서 발행하는 검역증명서, 이렇게 세 가지 서류만 있으면 됐다. 하지만 서류 발급 시점과 기관이 다 달라서 꼼꼼하게 체크해야 했다.

　동시에 반려동물의 비행기 탑승 절차도 미리미리 알아 둬야 한다. 사람을 위한 항공권은 인터넷으로 간단하게 구입할 수 있지만, 반려견 동반 탑승은 전화로 확약을 받아야 한다. 기내에 탑승할 수 있는 동물의 수가 제한되어 있고, 항공사별로 동물 탑승이 불가능한 시기도 있어서 반드시 확인이 필요하다. 다행히 우리가 출국하려는 시점은 반려견 동반이 가능한 시기였다.

　우리 가족은 늘 그랬듯 익숙한 국적기를 이용하고자 했다. 하지만 2017년 당시 한국 국적기의 경우 기내에 함께 탑승 가능한 반려동물의 무게는 이동 가방 포함 5킬로그램 이내였다. 1킬로그램 남짓한 이동 가방 무게를 생각하면 4.5킬로그램이 넘는 은이는 우리와 함께 '타는' 게 아니라 짐칸에 '부쳐져서' 와야 했다. 다이어트를 시켜야 하나 잠시 망설였지만, '에어캐나다'가 눈에 들어왔다. 에어캐나다는 무려 10킬로그램까지 반려동물의 기내 동반 탑승이 가능했다. 우리는 두 번 생각할 것도 없이 맛있는 기내식과 익숙함을 포기하고 에어캐나다의 좌석을 예매했고, 전화로 은이의 동반 탑승을 확약받았다(에어캐나다 한국 지사의 사정상 전화 연결이 잘 되지 않아 얼마나 애를 먹었는지 모른다).

　확약을 받은 후 우리는 항공사의 규정에 맞는 기내용

가방을 마련했다. 비행시간 내내 은이는 가방 안에 머물러야 했기에 은이가 이 작은 공간을 편안하게 느끼는 게 중요했다. 가방에 간식도 넣어 주고 좋아하는 이불도 깔아 주면서 집에서부터 적응을 시켰다.

007 작전 같았던 출국기

마침내 출국 날짜가 다가왔다. 2017년 7월 16일 우리는 대구인 집을 떠나 대전 시가서 하루를 머문 후, 7월 17일 아침 인천공항에 도착했다. 공항에 도착했을 때 나는 대전서 인천까지 2시간 넘게 차를 타고 온 은이를 잠시라도 산책시킬 계획이었다. 은이는 낯선 실내나 가방 안에서는 절대로 배변을 하지 않기에, 실내에 들어가기 전 반드시 공항의 야외에서 산책을 하며 소변을 보게 해야 했다.

하지만 차에서 은이와 함께 내린 순간, 보안요원들의 시선이 따갑게 느껴졌다. 공항 입구에서 짐을 내리는 사람들의 시선도 예사롭지 않았다. 결국 은이는 몇 발자국 걸어보지도 못하고 작은 이동 가방 안으로 들어가야 했다.

공항 안에서 나는 은이를 가방에 넣고 있으면서도 계속 긴장이 됐다. 개가 있다는 걸 사람들이 눈치챌까 봐 조마조마했고, 혹시라도 은이가 소리를 내거나 짖을까 봐 걱정됐다. 은이는 불안한 듯 웅크리고 있었고, 나는 안쓰러움에 가방에 손을 넣어 계속 쓰다듬어 주었다. 은이는 가방에 탄 채 티켓팅을 했고, 무게를 달았고, 가방 크기를 쟀다. 탑승수속 후엔 역시 가방 채로 보안 검색대를 통과했다. 나는 은이가 물건처럼 다뤄지는 것 같아 내심 속상했다. 탑승구 앞에서 기다릴 때도 가방 안에 개가 있다는 것을 들키지 않기 위해 애를 써야 했다.

그렇게 은이는 캐나다행 비행기에 올랐고, 나의 앞 좌석 의자 밑에 놓였다. 인천공항에 도착해서 11시간의 비행을 마치고 밴쿠버 공항에 도착할 때까지 은이는 15시간 정도를 작은 가방 안에 있었다. 그 긴 시간을 은이는 소변도 보지 못하고, 물만 몇 모금 먹으면서 버텨 냈다.

인천공항에서 밴쿠버에 도착할 때까지 은이의 존재는 감추어져야 했다. 이런 분위기를 알았는지 은이는 정말로 조용히 버텨 주었다. 살짝 '낑' 소리를 내다가도 내가 가방에 손을 넣어 주면 금세 내 손을 핥으며 스스로를 진정시켰다. 마침내 밴쿠버 공항에 도착해 비행기에서 내릴 때 한 승무원이 "강아지가 있는 줄도 몰랐네요"라고 인사를 건네왔다. 나는 민폐를 끼치지 않았음에 안도했다. 지금 돌아보면 규정대로 출국하면서 왜 눈치를 보았을까 싶지만, 당시 나는 곱지 않은 시선에 꽤 민감해져 있었다.

환영받는 '오, 마이 메이비'

캐나다에 도착한 우리 가족은 그야말로 '펫 프렌들리(pet friendly, 반려동물에게 친절한)'한 일상을 살았다. 보호자와 함께할 때 안정감을 느끼는 개라는 종의 특성을 존중해주는 그곳에서 은이는 관공서나 은행에 가는 간단한 외출도, 주말의 피크닉도, 배를 타고 가는 여행에도 대부분 함께했다. 관광지도 반려견 동반이 허용되는 곳이 많았는데 사람은 입장료를 내고 물도 사 먹어야 했지만, 개들은 늘 입장료 무료에, 반려견 전용 음수대가 제공됐다(캐나다에서 서열 1위는 반려견이라는 말은 진실이었다!). 어딜 가나 개의 존재를 염두에 두고 있는 그곳에서 은이는 아마도 다른 세상을 느꼈을 것이다.

2년은 순식간에 지나갔고, 우리는 한국행 비행기를 예약했다. 캐나다로 갈 때와는 반대로 한국 입국을 위한 검역 서류들을 준비하고, 항공사에 전화해 반려동물 동반 탑승을 확인받았다. 항공편은 역시 에어캐나다를 이용했다. 한 번 해 봤기에 절차를 밟는 건 훨씬 수월했다. 하지만 출국

날짜가 다가올수록 마음이 짠해지는 건 피할 수 없었다. 2년 전 공항과 기내에서 웅크리고 있던 은이의 불안한 눈빛이 자꾸만 떠올랐다. 또 그 긴 시간을 은이의 존재를 숨긴 채 있어야 한다니 너무나 미안한 마음이 앞섰다. 밴쿠버에서 국내선을 이용했을 때 많은 개가 공항을 활보하는 것을 목격하기도 했지만, 보안이 칠지한 국제선은 한국과 별반 다르지 않을 거라 나는 예상했다.

모든 준비를 끝내고 밴쿠버 공항에 갔을 때, 나는 인천공항에서처럼 은이를 가방 안에 넣은 채 공항에 들어섰다. 그런데 국제선 출국장에서도 개를 안고 다니는 사람들이 보였다. 목줄을 하고 출국장 내를 걸어 다니는 개들도 있었다. 나는 슬그머니 은이를 꺼내 보았다. 어떤 불편한 시선도 느껴지지 않았다. 은이를 안고 탑승수속을 위해 항공사 카운터로 갔다. 항공사 직원은 은이를 보더니 "오, 마이 베이비"를 연발하며 쓰다듬어 주었다. 무게를 달지도, 가방 크기를 재지도 않았다. 이렇게 작은 개인데 당연히 함께 타야 한다고 생각했던 것 같았다.

나는 은이를 안고 보안 검색대로 갔고, 검색대를 통과하기 위해 은이를 가방에 넣으려 했다. 인천공항에서의 경험을 떠올린다면 은이는 가방 안에 들어가 검색대를 통과해야 했기 때문이었다. 그런데 한 보안요원이 내게 이리 오라는 손짓을 했다. 보안요원은 은이를 안은 채로 검색대를 통과하라고 했고, 은이에게 '굿바이' 인사를 해 줬다. 은이는 공항에서 목줄을 하고 산책하듯 꼬리를 흔들며 살랑살랑 걸어서 탑승구까지 갔다. 인천공항에서 가방 안에 웅크리고 있었던 은이가 밴쿠버 공항에서는 당당하게 건물 안을 활보했다. 나 역시 어깨가 쫙 펴지는 느낌이었다. 탑승구 앞에선 공항 직원이 은이에게 인사를 건네 왔다.

"밴쿠버 공항에는 반려동물 휴식 공간이 없어요. 다른 공항에는 탑승구 근처에 반려견 전용 화장실 겸 휴식 공간이 있어서 아이들이 지내기 좋은데 여긴 아직 마련을 못했어요. 비행기 타면 답답할 테니 지금은 최대한 편하게 해 주세요."

'이젠 개를 가방에 넣어 주세요'라는 이야기를 예상했던 나는 이 말이 너무나 고맙게 느껴졌다. 공항에 반려동물 휴식 공간이 있는 곳도 있다니 그저 부러울 따름이었다(이후 내 캐나다 이웃은 강아지와 함께 캘거리에 갔다가 그곳 공항의 반려동물 휴식 공간이 너무나 앙증맞다며 내게 사진을 보내 왔다). 은이는 탑승구 앞에서 대기 중인 다른 승객들의 사랑을 받다가 내 무릎에서 스르르 잠이 들었다.

우리는 다시 비행을 시작했다. 물론 기내에서 은이는 가방 안에 있었다. 하지만 이번엔 비밀스러운 존재가 아니었다. 건너편 좌석에 앉은 승객은 강아지 이름이 뭔지 물어왔고, 승무원들은 혹시 은이에게 물이 필요하면 말해 달라고 했다. 심지어 한 승무원은 규정에 어긋나는 줄 알면서도 불이 꺼지고 승객들이 자는 시간에 은이를 화장실에 데리고 가서 잠시 풀어 주라고도 했다. 편안한 분위기 덕분인지 은이도 훨씬 덜 불안해 보였다.

11시간 후 우리는 무사히 인천공항에 도착했다. 그새 밴쿠버 공항의 분위기에 익숙해져 있던 나는 비행기에서 내려 짐을 찾으러 가는 길에 은이를 가방에서 꺼냈다. 조금이라도 빨리 움직이게 해 주고 싶었다. 하지만 그 순간, 공항 직원이 내게 다가와 다시 집어넣으라고 했다. 나는 그때 실감했다. 여기는 캐나다 밴쿠버가 아니라 대한민국 인천이구나!

같은 노선을 이용했지만 인천공항과 밴쿠버 공항에서의 경험은 이토록 달랐다. 아마도 이는 반려동물을 '함께 살아가는 존재'로 받아들인 사회와 최근에야 반려동물이 법적으로 '소유물'의 범주에서 벗어난 사회의 차이가 아니었을까.

물론 지금은 한국도 많이 달라졌다. 2017년 5킬로그램 제한이었던 한국 국적기들도 이제는 7킬로그램까지 반려동물 동반 탑승을 허용하고 있다. 국내선의 경우 일부 항공사에서 9킬로그램까지도 허용하는 것으로 알고 있다. 공항에서 반려견들을 바라보는 시선도 많이 너그러워졌다. 그만큼 한국에서도 반려동물을 수용하는 범위가 늘어났다고 생각한다. 하지만 여전히 나는 캐나다에서 은이가 받았던 존중과 배려의 시선을 잊을 수 없다. 어서 빨리 이 간극이 좁혀지길 바란다.

캐나다에서

있었던 일

캐나다 밴쿠버에서 거주한 2년간은 다양성을 존중한다는 것이 무엇인지 체험한 시간이었다. 그곳에서 나는 서로 다른 피부색, 문화적 배경, 성 정체성, 신체적 조건을 지닌 사람들은 물론, 반려동물과 야생동물 등 생명을 가진 모든 존재가 함께 어울려 살아가는 것을 보았다. 물론 캐나다도 나름의 문제를 지닌, 사람이 만든 시스템으로 운영되는 사회일 뿐이다. 완벽하거나 이상적인 사회는 더더욱 아니다. 하지만 세계 곳곳에서 이주해 온 이민자들에 의해 형성된 이 나라에서 다양성 존중은 무척 중요한 가치였다. 나와 다른 타인의 모습을 받아들이는 폭은 한국과 비교할 수 없이 넓었다. 그리고 다름에 대한 이런 존중은 인간이 아닌 다른 종에게까지 미치고 있었다. 다양성 존중은 생명에 대한 존중으로 이어졌고, 이는 '모든 생명의 평등함'을 실천하는 일이기도 했다.

밴쿠버에 머무는 동안 나는 은이도 꽤 다른 정서를 경험했으리라 생각한다. 실제로 다른 개만 보면 겁에 질려 경계하던 은이의 두려움이 사라졌고, 가족들이 외출했을 때도 은이는 덜 불안해했다. 아마도 다양함을 존중하는 문화 속에서 은이도 자신이 더욱 존중받는다고 느꼈을 테고, 안전함과 편안함을 경험하게 했을 것이다. 내가 그랬듯 말이다.

이런 환경 속에서 나는 진정으로 생명을 존중한다는 게 무엇인지 깨달은 귀중하고도 부끄러운 경험 하나를 얻었다. 우리 가족끼리 '캐나다 노숙인 사건'이라고 부르는 바로 그 일이다.

노숙인의 반려견

캐나다 밴쿠버에는 (대도시가 대부분 그렇지만) 노숙인이 많다. 한국의 노숙인들은 대체로 서울역이나 몇몇 특정 공간에 모여 지내지만, 밴쿠버의 노숙인들은 시내든 주거지든 상관없이 사람들의 왕래가 잦은 곳이라면 어디든 머물렀다. 주로 이들은 식료품점이나 패스트푸드점 앞에 자리를 잡았다. 그러면 밴쿠버 시민들은 노숙인과 스스럼없이 수다를 떨면서 자신들이 산 음식을 나누곤 했다. 동전이 아닌 음식을 나누는 이유를 묻자 나의 한 밴쿠버 이웃은 이렇게 답해 주었다.

"저들도 나름 다 사정이 있어요. 하지만 현금을 주면 종종 마약이나 술, 담배 같은 것들을 사는 데 쓰기도 하기 때문에 음식을 제공할 때가 더 많아요. 허기는 채워 줘야 하지만, 자립할 힘을 빼앗으면 안 되잖아요."

한국보다는 많이 다정한 이웃들의 시선 덕인지 캐나다의 노숙인들은 주눅 들어 보이지 않았다. 행인들과 인사를 주고받았고, 매일 같은 지역에 오는 노숙인의 경우 동네 사람들과 이름을 트고 지내기도 했다. 특히 개와 함께 있는 노숙인은 더욱 쉽게 친구가 됐다. 밴쿠버 시민들은 길에 있는 개를 그냥 지나치지 못했고, 개를 위한 물과 캔 사료 등 음식을 주며 개와 놀아 주기도 했다.

내가 자주 가는 우리 집 앞 대형 식료품점 앞에도 이런 노숙인이 한 명 있었다. 그는 매일 오후 4시쯤이면 어김없이 식료품점 앞에 자신의 개와 함께 자리를 잡고 앉았다. 덥수룩한 머리에 수염까지 길러서 얼굴이 잘 보이지는 않았지만, 늘 웃는 표정의 그 노숙인은 마치 이웃처럼 사람들과 인사를 나눴다. 그의 옆을 지키는 개는 은이만 한 작은 개였다. 자신의 보호자처럼 털이 길어서 군데군데 엉킨 곳도 많았지만, 덮인 털 사이로 보이는 시선은 따뜻하고 겁이 많아 보이는 그런 강아지였다. 하지만 배가 비정상적으로 불룩했고, 뒤뚱거리면서 걷는 걸로 보아 건강 상태가 좋아 보이지는 않았다.

나는 그 길을 지날 때 노숙인이 인사를 하면 '하이!'라고 짧은 답례를 하고 지나가곤 했다. 하지만 노숙인의 개가 은이에게 다가올 때면 늘 피했다. 왠지 지저분해 보이는 그 개의 몸에 병균이 붙어 있을 것 같았고, 은이에게 옮기기라도 할까 봐 겁이 났다. 은이는 스스럼없이 그 개에게 꼬리를 치며 다가가 냄새를 맡으려 했지만, 서로 엉덩이 냄새라도 맡은 날엔 나는 찝찝해하며 은이의 몸을 구석구석 닦아주곤 했다.

아무거나 안 먹어요

그러던 어느 날, 은이의 간식과 사료를 정리하다가 사료를 구입할 때마다 받은 각종 샘플 사료와 간식이 쌓여 있는 걸 발견했다. 은이는 먹지 않는 것들이었다. 나는 문득 노숙인의 개가 생각났다. 나는 아이에게 "우리 이거 그 아저씨 가져다 줄까? 개 먹을 것도 늘 챙겨야 하니까 엄청 좋아할 거야"라고 제안했다. 아이는 "그게 좋겠다"면서 사료들을 담더니 유통기한이 지난 것들을 골라냈다.

그런 아이에게 나는 말했다.

"건사료니까 안 상했을 거야. 먹을 게 늘 부족한 개니까 그냥 다 주자."

그러자 아이는 "엄만 유통기한 지난 사료를 은이에게 먹일 거야?"라고 되물었다.

나는 약간 뜨끔한 마음이 들어 아이의 주장을 받아들였고, 유통기한이 지난 사료들은 음식물 쓰레기로 분류했다. 그리고 나머지 사료를 쇼핑백에 담아 들고 아이와 함께 노숙인에게 갔다. 분명 우리에게 무척이나 고마워할 거란 기대감으로, '좋은 일'을 한다는 뿌듯한 마음으로 말이다. 노숙인은 전과 다름없이 선한 미소로 우리를 맞아 주었다.

나는 서툰 영어로 말했다.

"혹시 필요할까 싶어서 가져왔어요. 우리 강아지는 안 먹는 것들이니 아기 주세요."

그러자 노숙인은 사료를 꺼내서 겉봉투의 성분표를 하나하나 살피더니 몇몇 사료를 다시 쇼핑백에 담았다. 그러더니 이렇게 답했다.

"이것들은 다시 가져가세요. 우리 아이는 연어 알레르기가 있어서 연어가 들어간 건 먹으면 안 돼요."

무조건 고마워할 거라는 기대와는 다른 반응에 나는 당황했다. 하지만 곧 낯이 뜨거워지면서 부끄러움이 몰려왔다. 노숙인의 개라고, 아무거나 먹어도 배만 채우면 될 거라고 생각했던 내 모습이 참 부끄러웠다(심지어 나는 유통기한이 지난 건사료도 그냥 주려고 하지 않았던가!).

모든 개는 '평등'할까

아이샤 아크타르는 《동물과 함께하는 삶》에서 동물에 대한 대우는 인간과의 관계, 사람이 동물을 어떻게 이용하는지에 따라 달라진다고 했다. 동물 학대의 처벌 기준도 반려동물인지, 실험동물인지, 농장 동물인지에 따라 달라지고, 생명값마저 다르게 매겨진다. 아크타르는 이렇게 적었다.

왜 동물보호법은 사람이 그 동물을 동반자로 간주하는지의 여부에 근거해야 할까? 물론 동물을 사랑했던 사람들이 학대 사건을 통해 피해를 입는다. 하지만 이것이 반려동물과 비반려동물에 대한 보호법이 동일하지 않은 데 대한 충분히 논리적인 이유일까? 고아인 아이가 살해된다면 가족이 없다는 이유로 살인에 대한 처벌이 경감되지 않는다. 범인이 아이에게 끼친 해악이 중요하지 아이와 타인과의 관계가 중요하지 않다.[1]

이 구절은 한국보다 동물복지가 훨씬 낫다는 이 책의 배경인 미국에서도 동물을 인간의 소유물로 대하는 태도가 뿌리 깊이 박혀 있음을 보여 주고 있었다. 이처럼 여전히 세상 곳곳에서 어떤 동물이 지닌 생명의 가치는 보호자인 인간이 그 동물을 얼마나 소중하게 여기는지에 따라 달라진다. 또한 인간 보호자가 없는 동물의 생명엔 더 낮은 값이 매겨진다. 이는 동물을 생명 그 자체로 존중하는 것과는 거리가 멀다. 이런 사고방식은 종종 내 소유물인 동물을 내 맘대로 해도 된다는 학대와 방치의 근거가 되기도 한다.

그런데 나는 심지어 동물의 보호자가 어떤 사람이냐에 따라 동물이 지닌 생명의 가치를 다르게 보고 있었던 것이다. 노숙인의 개이니 아무거나 먹어도 된다고, 배만 채울 수 있으면 되지 알레르기가 무슨 대수냐고 여겼던 것이다. 이날의 뜨끔함은 오래오래 내 마음에 남았고, '모든 생명은 평등하다'를 외치면서도 지극히 인간 중심적이며 위계적으로 사고했던 내 마음을 들여다보는 계기가 됐다.

개는 차별하지 않는다

그날 노숙인은 개와의 사연을 내게 들려 줬다. 13년 전 사업에 실패한 그는 집을 잃었고, 가족도 모두 그를 떠났다. 오직 이 개만이 그 곁에 남았다. 그렇게 시작된 거리 생활 중 개는 그의 유일한 가족이었고, 친구였다. 그는 노숙 생활을 하면서 실패자라는 느낌에 하루하루가 괴로웠지만 개가 있어 버틸 수 있었다고 했다. 개는 집이 있을 때나 없을 때나 사업가였을 때나 노숙인일 때나 그를 똑같이 대해 주는 유일한 존재였다. 그는 개의 배가 부푼 것이 종양 때문이라며 수술을 해 주고 싶지만, 형편이 이래서 수술할 수가 없다고, 그래서 이 개와 함께하는 하루하루가 더 소중하다고 했다.

사연을 듣고 나는 숙연해졌다. 개에 대한 노숙인의 사랑은 내가 은이에게 느끼는 사랑과 전혀 다르지 않았다. 또한 개는 자신의 보호자가 어떤 모습이든 결코 사람을 차별하지 않았다. 《개와 나》에서 캐럴라인 냅은 개의 이러한 특성을 다음과 같이 표현했다.

> 개는 인간에게서는 좀처럼 찾아보기 힘든 한 가지 속성이 있
> 다. 그것은 내가 나라는 사실만으로도 가치 있는 존재임을
> 느끼게 한다는 것이다. 그렇게 무조건적으로 상대에게 수용
> 되는 경험은 내게는 기적과도 같았다. 개는 내가 어떻게 생
> 겼는지, 내 직업은 무엇인지, 내가 녀석과 만나기 전 얼마나
> 실패로 얼룩진 인생이었는지, 하루하루 무슨 일을 하는지를
> 상관하지 않았다. 녀석은 그냥 나와 함께 있으려 하고, 이것
> 은 내게 비길 데 없는 기쁨이다.[2]

그런데 우리는 이런 개들을 어떻게 대하고 있는 걸까.
사람과의 관계에 따라, 보호자의 신분에 따라 생명의 가치
를 다르게 생각하고 있는 건 아닐까. 또한 개를 사랑하는
반려인의 마음에도 다른 값어치를 매기고 있는 건 아닐까.
'캐나다 노숙인 사건'은 캐나다의 생명 존중 문화에 감탄하
며 모든 생명이 '있는 그대로' 존중받기를 바라던 나 역시
이런 사고방식에서 자유롭지 못했음을 깨닫게 해 주었다.
나는 요즘에도 종종 그 노숙인과 개를 떠올린다. 사람
과 개 사이에 오가는 조건 없는 사랑을 떠올리면 여전히 마
음이 뜨끔하면서도, 뭉클해져 온다. 그와 개가 오래오래 함

께할 수 있기를 기도드린다.

모든 생명은, 그리고 모든 사랑하는 마음은 평등하게
존중받아야 마땅하다.

반려인이든

비반려인이든

　우리 은이는 소머즈의 귀와 매의 눈을 가졌다. 내게는 전혀 들리지도 보이지도 않는 걸 어떻게 발견하는지 거실 소파에서 창밖을 바라보다 요란하게 짖어대곤 한다(이럴 때 은이는 세상에서 가장 용감한 개가 된다). 또 은이는 종종 현관의 미닫이 중문을 발로 툭툭 친 후 머리로 밀어 연 다음 현관문을 응시하며 앉아 있는데, 그럴 때면 건물의 1층 현관에서 누가 드나드는지도 다 아는 것 같다. 현관 앞에 앉아 있던 은이가 벌떡 일어나 꼬리를 치고 있으면 잠시 후 어김없이 식구들이 들어오고, 은이가 멍멍 하고 짖으면 택배 기사님들이 다녀간다.

　나는 초능력에 가까운 은이의 이런 모습이 좋지만, 도

가 지나칠 땐 제지를 한다. '개 짖는 소리'는 아파트의 대표적인 소음 중 하나고 누군가는 이 소리를 싫어할 것이기 때문이다. 다행히도 윗집과 아랫집은 모두 개를 키우고 있고, 내가 그렇듯 이 이웃들은 개 짖는 소리를 소음으로 여기지 않는다. 하지만 현관을 마주하고 있는 앞집은 늘 조심스러웠다. 점잖은 중년의 부부와 청소년기의 딸이 사는 이 집은 항상 조용했고, 반려동물과 함께 살지 않았다. 게다가 이 집의 아이는 얼마 전에 고3이었다.

나는 그 집 아이가 고3이었을 때 은이가 현관 바로 앞에서 짖는 걸 막아 보려 애썼다. 하지만 뜻대로 되지 않았고 앞집 분들에게 미안한 마음이 가득했다. 그래서 앞집 이웃들을 만나면 "우리 개가 좀 시끄러운 녀석이라 죄송해요. 따님 공부에 방해되지는 않나요?"라고 묻곤 했다. 그럴 때마다 돌아오는 대답은 늘 이랬다.

"뭐가 미안해요. 개가 안 짖으면 그게 갠가. 개도 안 짖고 살면 스트레스 받아요. 그리고 현관문이 철문이고 중문까지 있어서 잘 들리지도 않으니 신경 쓰지 마세요."

나는 이 답을 들을 때마다 안심이 되면서도 너무나 고맙고 마음이 따스해지곤 했다. 하지만 우리 아파트 밖 세상은 이와 다른 경우가 더 많은 것 같다. 스마트폰을 열기만 해도, 동물을 둘러싼 사람들의 갈등을 늘 보게 된다. 개 물림 사고는 여전히 핫한 뉴스고, 길고양이를 돌보는 캣맘이 난데없이 공격을 당하기도 한다. 반려동물이 내는 소음과 배설물을 둘러싼 갈등에 관한 뉴스도 쉽게 접할 수 있다. 이런 뉴스들을 접할 때마다 좋은 이웃을 만난 나는 참 운이 좋다는 생각이 들곤 한다.

도대체 나의 이웃들과 뉴스 속 사람들의 태도는 왜 이 토록 다른 걸까. 아마도 이는 반려인과 비반려인이 서로를 존중해 주는 정도가 달라서일 텐데 나는 그런 마음의 차이 가 (상담심리학자답게!) 어디서 오는지가 몹시 궁금했다.

싫은 건 그냥 내 마음일 뿐

그러던 어느 날, 나는 쓰레기 분리수거를 하다 앞집 이 웃을 만났고 이렇게 물었다. "동물을 좋아하는데 안 키우시 는 건가요?" 그러자 이런 답이 돌아왔다.

"별로 안 좋아해요. 저는 동물들 만지는 것도 싫어해 요. 그 물렁한 느낌이 이상하거든요. 하지만 싫은 건 그냥 내 마음인 거고요, 키우시는 분들 마음도 중요하잖아요. 생 명을 거두고 보살피는 건 어쨌든 소중한 일이고 동물들도 자신의 본성을 존중받고 살아야죠."

나는 고개가 끄덕여졌다. 사실 그렇다. 모두가 동물을 좋아할 수는 없다. 하지만 우리가 개인적인 호불호와 상관없이 나와 다른 이웃이나 소수자들을 존중해야 하듯, 동물을 대하는 것도 마찬가지여야 하지 않을까. 좋고 싫음과 상관없이 동물을 한 생명으로서 존중하고, 반려인들이 동물을 좋아하는 마음을 존중해 주는 것. 이분은 이런 마음이 있었기에 아파트의 반려인들, 그리고 반려동물과 갈등 없이 지낼 수 있었던 것이다.

지자체에서 동물 관련 업무를 담당하고 있는 반려인, 이소영 작가는 《동물에 대한 인간의 예의》에서 이렇게 적었다.

인간이 모든 인간을 사랑할 수 없듯이 동물도 그러하다. 중요한 건 그 존재를 인정하고 존중하는 일일 것이다. 그리고 그 일은, 개인의 호불호가 한 생명의 존재 가치를 결정할 수 없다는 당연한 사실을 잊지 않는 것에서부터 시작된다.[1]

앞집 이웃과의 대화는 이 구절을 상기시켜 주었다. 동물을 싫어하고 좋아하고는 그 사람의 자유다. 하지만 내가 싫다고 해서 상대가 존중받을 가치가 없는 것은 아니다. 사람이든, 동물이든, 생명이 있는 존재는 생명 그 자체로 존중받아야 마땅한 법이다. 내 이웃은 이를 실천하고 있었다.

동물을 좋아하지 않는다고 해서

나는 이런 호불호를 넘은 '다름에 대한 존중'은 비반려인뿐 아니라 반려인도 꼭 가져야 할 태도라고 생각한다. 많은 반려인은 (내가 그렇듯) 반려동물과 함께하면서 사랑의 외연을 확장해 간다. 우리 집 강아지나 고양이뿐 아니라 유기견과 길냥이에게도 마음이 가고, 동물을 위해 무엇인가 해야겠다는 마음이 생겨난다. 그런데 나는 이런 반려인 중에 동물을 싫어하거나, 동물을 이용해 돈을 버는 사람들을 비난하거나, 심지어 혐오하는 이들을 종종 만난다.

내가 아는 '고양이 집사'인 한 20대 여성은 소개팅을 했는데 상대방이 동물을 좋아하지 않는다고 했다며, 분명 '매정한 인간'일 거라 판단하고 두 번 다시 만나지 않았다. 강아지와 함께 사는 한 친구는 자신의 집에 온 지인이 강아지를 무서워하며 방에 가두라고 했다며, 그를 '극혐'한다고 했다. 펫숍이나 보신탕집 앞을 지나가면서 이런 곳들을 운영하는 사람들에 대해 인신공격을 퍼붓는 반려인들의 대화도 때때로 들을 수 있다. 이들의 주장은 대체로 이렇다.

"어떻게 동물을 좋아하지 않고 함부로 대할 수가 있지? 저 사람은 분명 연민도 없는 나쁜 사람일 거야."

하지만 나는 이런 태도가 '동물을 싫어하는' 것보다 더 옳지 못한 태도라고 생각한다. 반려인으로 살면서 반려동물에게 받은 가장 큰 선물은 아마도 있는 그대로 존중하는 무조건적 사랑일 것이다. 반려인들은 반려동물이 베푸는 무조건적인 사랑을 통해 나와 완전히 다른 존재에 대한 연민과 공감, 배려와 존중의 마음을 키워 간다.

이렇게 다른 종인 동물에게까지 공감하고 연민을 느끼는 반려인들이 동물을 싫어한다는 이유로 누군가의 인격을 비난하는 것은 어딘가 어울리지 않는다. 타인의 호불호와 가치관이 나의 것과 다르다고 해서 그 사람의 인격을 폄하하는 것은 일종의 혐오와 다르지 않다. 이런 태도는 상대방에게 공격받는다는 느낌을 주고, 이는 방어적인 태도를 유발해 오히려 대화의 여지를 막아 버린다.

이소영 작가는 앞서 인용한 《동물에 대한 인간의 예의》에서 동물에 관한 태도는 '호불호'에 근거하는 면이 많아서 오히려 동물을 존중하는 행동을 막아선다며 다음과 같이 적었다.

동물을 학대하지 말라고 주장하는 목소리는 많은 이에게 동물을 불쌍히 여기며, 좋아할 수 있는 사람들만이 낼 수 있는 목소리로 받아들여진다. 플라스틱 사용을 줄이자고 외치는 환경보호 활동가에게 '당신만 지구를 소중히 아끼면 됐지, 왜 그걸 다른 사람에게까지 강요하냐?'라고 묻는 사람은 없는데 말이다.[2]

정말 그런 것 같다. 상대방의 동물에 대한 '호불호'를 문제 삼는다면 정서를 강요하는 것이 된다. 이는 동물에 대한 존중을 '동물을 좋아하는 사람'만이 할 수 있는 일로 좁혀 버린다. 다시 말하지만 좋고 싫음은 각자의 자유다. 자유와 다름은 존중해 주되, 생명을 소중히 대하는 것이 '옳은 일'임을 이야기해야 하지 않을까. 반려인들이 비반려인들의 개인적 선호와 사정은 존중하면서 함께 '옳은 일'을 하자고 이야기할 때, 비반려인들도 반려인의 목소리에 귀 기울이게 되지 않을까.

반짝이는 모자이크 사회

그렇다면 반려인과 비반려인이 서로의 다름을 존중하고 배려하는 것만으로 함께 어우러져 사는 게 가능해질까? 뉴스에서 심심찮게 접할 수 있는 각종 개 물림 사고, 동물 관련 시설을 둘러싼 갈등들, 늘어나는 유기 동물과 관련된 소식들은 개인의 마음이 달라진다고 해도 세상은 별로 나아지지 않을 것 같은 회의감을 들게 한다. 늘 비슷한 사건과 사고가 반복되는 것은 동물 관련 사건이 단지 개인의 부주의나 악의에서 발생한다기보다는 사회 시스템 자체에 문제가 있다는 의미일 것이다. 되풀이되는 사고와 갈등은 존중하고 배려하고자 하는 마음을 움츠러들게 한다. 그래서 나는 반려인과 비반려인이 서로를 존중하며 살아가기 위해서는 반드시 사회 시스템이 정비되어야 한다고 생각한다.

《동물을 만나고 좋은 사람이 되었다》를 쓴 김보경 작가 역시 나와 비슷한 생각을 했다.

생후 한 달 된 새끼 개, 고양이가 어미에게 개답게, 고양이답게 사는 법과 남들과 함께 사는 법을 제대로 배우지 못한 채 떨어져서 경매장에서 팔리는 한국의 반려동물 생산·판매 시스템의 문제, 키우던 개, 고양이를 버려도 아무 문제가 되지 않아서 무책임한 사람을 양산하는 있으나 마나 한 반려동물 등록제도의 문제, 집 근처에 근린공원 하나 없어서 반려견을 데리고 마음 편히 산책 한 번 하기 힘든 도시정책, 반려인과 비반려인의 갈등을 사회 시스템은 쏙 빼고 반려인만의 문제로 해석해 버리는 언론 등 문제동물을 만드는 사회적 시스템은 아주 공고하다. 그걸 말하지 않고 반려인에게만 돌을 던질 수 있을까.[3]

동물이 물건처럼 유통되지 않는 건강한 입양 문화가 정착되고, 동물과 함께하는 곳과 그렇지 않은 곳을 명확히 구분해 관리하며, 동물을 대하는 매너를 비반려인과 반려인이 모두 숙지하는 시스템이 만들어진다면, 그래서 개들이 전용공간에서 눈치 보지 않고 뛰어놀아 스트레스를 풀고 사회성을 충분히 기를 수 있다면, 반려동물로 인한 사회적 갈등은 분명 줄어들 것이다. 이럴 때 동물과 사람, 반려인과 비반려인이 함께 어우러져 살아가는 것이 당연한 사회가 될 것이다.

나는 캐나다 밴쿠버에서 이런 사회를 경험했고, 정말 운이 좋게도 지금의 아파트에서도 서로를 존중하며 살아가는 경험을 하고 있다. 이 아름다운 경험이 나만의 것이 아니길, 더 많은 반려인과 비반려인이 서로 존중받고 존중하며 살아간다는 게 어떤 것인지를 느낄 수 있게 되기를 간절히 바란다.

생명의 소중함을 보장해 주는 사회 시스템 속에서 호

불호를 떠나 상대방을 '있는 그대로' 존중하는 마음들이 오가는 사회. 생각만 해도 반짝거리는 모자이크처럼 아름다울 것 같다. 이런 세상을 만들어 가는 것이야말로 반려동물이 우리에게 베풀어 준 무조건적인 사랑에 보답하는 길이 아닐까.

다른 세상을 열어젖히다

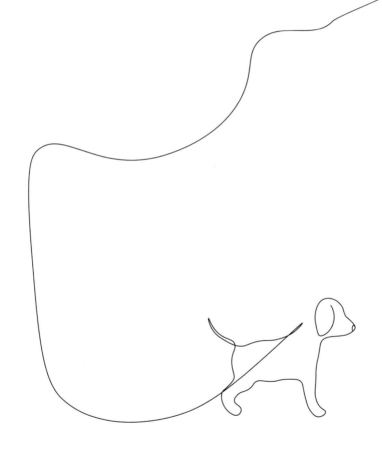

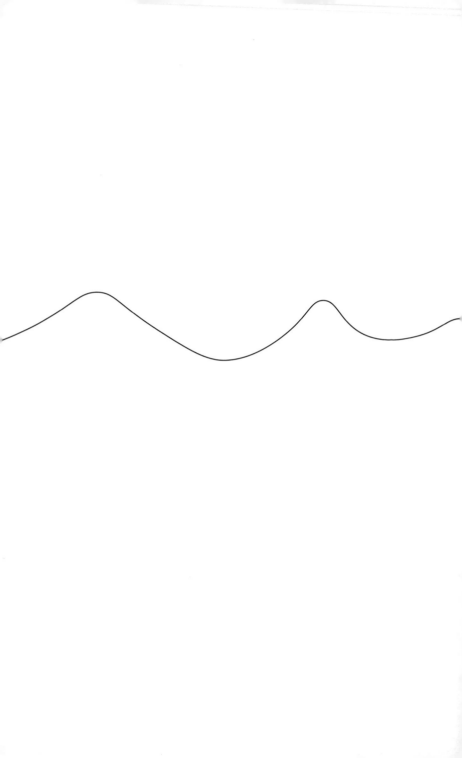

은이와 함께 살면서 나는 사람 사이에서는 불가능한 '무조건적 긍정적 존중'을 매일 주고받는다. 긍정적으로 존중받는 경험들은 긍정적 정서를 불러일으킨다. 그리고 긍정적 정서는 시야를 확장시킨다(심리학자 바버라 프레드릭슨은 긍정 정서가 사고를 확장시킴을 연구를 통해 증명해 내기도 했다). 그래서일까, 은이가 내 삶에 들어온 후 나는 이전엔 보지 못했던 것을 보게 됐다.

혐오의

발
견

은이와 산책을 나섰던 어느 일요일 오후였다. 아파트 단지를 한 바퀴 돌려고 집을 나섰는데 은이의 배변 봉투 케이스가 텅 비어 있었다. 지난 산책이 끝난 후 채워 넣는다는 걸 깜빡한 탓이었다. 나는 배변 봉투를 챙기기 위해 다시 집으로 가려 했다. 하지만 은이가 말을 듣지 않았다. 은이는 그 자리에 멈춰 서더니, 이제 막 집을 나섰는데 도대체 왜 되돌아가냐는 듯 의아한 눈빛으로 나를 바라봤다. 산책을 계속하겠다는 의지였다.

나는 꿈쩍도 않는 은이에게 결국 지고 말았다. 대신 조금만 걸어가면 되는(은이가 큰일을 보기 전에 도착할 수 있는) 거리에 있는 쓰레기 분리 수거장이 떠올랐다. 분리 수거장

안에는 비닐 봉투 수거함이 있을 테고 아마도 그 안엔 꽤 쓸 만한 봉지가 있을 것만 같았다.

나는 은이를 데리고 쓰레기 분리 수거장으로 향했다. 혹시라도 다른 사람들이 놀랄까 봐 수거장 입구에서는 은이를 품에 안았다. 그러곤 깨끗한 봉투를 찾고 있는데 한 남성이 다가왔다. 손에 쓰레기를 가득 들고 오셨길래 자리를 비켜 주었다. 그가 말없이 분리수거를 하는 동안 나는 계속 은이를 안고 있었다. 그런데 분리수거를 마치고 나가려던 그가 갑자기 나를 쏘아보더니 이런 말을 내뱉었다.

"아니, 이 여자가 분리 수거장에 왜 개를 안고 들어와? 재수 없게!"

나는 너무나 당황하고 어이가 없어 아무 말도 하지 못했다. 민망함에 서둘러 깨끗한 비닐 한 장을 찾아 들고 분리 수거장을 나와 산책로로 향했다. 조금 전 놀란 내 마음과는 별개로 산책은 평화로웠다. 기지를 발휘해(?) 비닐 봉투를 구한 덕에 은이의 배변 처리도 평소처럼 할 수 있었다. 하지만 나는 그 산책 내내 은이의 종종거리는 발걸음과 살랑거리는 꼬리, 코의 씰룩임에 집중할 수가 없었다. 오래도록 그 시선과 말이 잊히지 않았다.

조금 시간이 흐른 후에야 나는 이날 내가 무척이나 분노했음을 알 수 있었다(너무 강렬하고 갑작스러운 감정은 그것을 알아차리기까지 시간이 걸리기 마련이다). 나는 몇몇 지인에게 이 이야기를 했다. 처음 보는 데다, 아무 해도 입히지 않는 사람에게 어떻게 '재수 없다'는 말을 그렇게 할 수 있는지 어이가 없다고 성토를 해댔다. 그러자 한 친구가 내게 이렇게 물었다.

"혹시 네가 남자였어도 그런 소리를 들었을까?"

생각해 보니 정말 그랬다. 덩치가 큰 남성이 강아지를 안고 서 있었다면 이런 말은 쉽게 튀어나오지 않았을 것이다. 내가 경험한 건 여성과 동물에 대한 일종의 혐오였다.

애교가 무기?

나는 친구의 질문에 그동안 은이와 내가 들어 왔던 말들을 찬찬히 떠올려 봤다. 신기하게도 은이와 나는 꽤나 비슷한 말들을 자주 들어 왔다. 사람들은 우리 은이를 보고는 종종 이렇게 말한다.

"얘는 정말 애교가 많아. 이렇게 애교가 많은데 어떻게 안 예뻐할 수가 있겠어!"

그리고 많은 여자는 이런 말을 듣는다.

"여자가 그렇게 무뚝뚝하면 쓰나. 애교도 좀 부리고 그래야 남자들이 좋아하지."

　　나는 이 두 말이 어딘지 닮았다고 느낀다. 인간에게 잘 보이기 위해 '애교'를 무기로 삼아야 하는 반려견(사실 반려견은 일부러 애교를 부리는 게 아니다. 동물행동학자 클라이브 D. L. 윈이 쓴 《개는 우리를 어떻게 사랑하는가》에 따르면 개에게는 사람을 반기는 유전자가 있고 이를 자연스레 발휘할 뿐이다. 하지만 사람들은 이를 '애교'로 표현한다. 이 역시 지극히 인간 중심적인 표현이다)과 남자에게 사랑받기 위해 애교스럽고 싹싹해질 것을 요구받는 여성. 이 표현들에서 동물과 여성은 인간 혹은 남성을 위한 수단이 되어 버린다.

　　이런 말들이 자연스럽게 통용되는 이 땅에선 작고 귀여워 존재하는 것만으로도 애교가 느껴지는 반려동물들은 사랑을 듬뿍 받는다. 하지만 덩치가 커져 귀여워 보이지 않거나 아파서 더 이상 애교를 기대할 수 없게 되면 쉽게 버려진다. 또한 귀엽고도 섹시하며 애교 많은 여성의 이미지는 광고와 드라마, 걸 그룹의 몸짓을 통해 일상적으로 소비된다. 그리고 이 여성들이 살이 찌거나 나이가 들어 애교 있어 보이지 않으면 곧바로 가십과 비난, 때로는 혐오의 대상이 된다. 이런 태도들이 극단적으로 표출되면 그게 바로 차별과 폭력이 된다.

　　비약인지 모르겠지만, 나는 2020년 많은 이를 분노하게 했던 'N번방 사건(여성과 아동을 유인·협박해 성 착취물을 찍게 하고 이를 유포한 사건)' 역시 이런 말들과 관련이 있다고 생각한다. 일상적으로 이뤄지는 여성에 대한 대상화가 가장 극단적이고 집단적으로 실천된 사례라 여겨지기 때문이다. 더 놀라운 건, 바로 그다음 해에 일명 '동물 N번방 사건(길고양이, 토끼 등 동물 학대를 모의·실행·전시한 사건)'이 터졌다는 것이다. 동물 N번방의 댓글 중에는 여성에 대한 폭력을 떠올리는 내용의 글이 많았다고 한다. 여성과 동물에 대한 폭력과 혐오가 연결되어 있음이, 나와 은이가 비슷한 시선으로 대상화되어 있음이 명백하게 드러난 매우 끔찍하고 슬픈 사건이었다.

여자면 애는 낳아 봐야죠

은이가 우리 가족이 된 것은 추정 나이 세 살 때였다. 그때 은이는 이미 성견이었고, 그래서 우리 가족은 종종 은이의 어린 시절이 어땠을까 상상을 해 본다. 그리고 중년을 훌쩍 넘긴 지금도 이토록 발랄한데 어릴 땐 무지 '똥꼬발랄' 했을 거라 결론 내리곤 한다. 얼마 전 나는 우리 집을 방문한 한 지인과도 이런 이야기를 했다. 은이를 좀 더 어릴 때

만났으면 좋았을 거라고 말이다. 그러자 지인은 은이의 배를 쓰다듬으면서 이렇게 말했다.

"그런데 은이 출산 경험은 있을까요? 여자로 태어나서 아기도 못 낳아 봤다면 정말 안됐어요."

나는 은이를 예뻐하는 지인의 마음을 잘 알고 있었지만, 이 말엔 반감이 들었다. 암캐이니 새끼를 낳았어야 뭔가 온전한 경험을 한 개라는 말속엔 아이를 낳지 못하는 여성을 폄하하고 무가치하다 여겼던 가부장 사회의 분위기가 솔솔 풍겨 났다.

사실 여전히 많은 여성은 '엄마'로서 살아가길 강요받는다. 출산율이 감소한다며 가임기 여성 지도를 만들어 공개하는 국가(행정자치부는 2016년에 가임기 여성 지도를 공개했었다)에 사는 한국의 여성들은 결혼하자마자 "애는 언제 낳을 거야?"라는 질문을 아직도 인사말처럼 듣는다. 이 말들엔 여성을 '재생산 수단'으로만 보는 시선이 가득하다.

그리고 나는 은이가 암캐니 여성으로서 가장 중요한 경험 중 하나인 출산을 하지 못하면 '불쌍하다'고 여기는 지인의 말에서도 이런 느낌을 받는다. 주위의 반려인 중에도 암캐의 경우 중성화 수술을 미룰 때가 많다. 이들의 논리는 대체로 '그래도 여자인데 새끼는 한 번 낳아 봐야지'이다. 수캐에게는 '아빠가 되어 봐야지' 하지 않고 바로 중성화 수술을 해 주면서 암캐에게만 이런 요구를 하는 것은 어딘지 이상해 보인다(중성화 수술은 각종 생식기 관련 질환을 예방해 반려동물의 수명을 연장한다. 또한 성호르몬 분비에 따르는 공격성을 조절할 수 있고, 반복되는 발정으로 생기는 스트레스를 예방해 주기도 한다. 무분별한 번식으로 인한 유기 동물 발생을 방지하는 가장 효과적인 방법이기도 하다).

이는 동물이든 사람이든 여성의 삶에서 중요한 건 임신, 출산, 모성애라는 가부장적 사고의 잔재로 볼 수 있다. 은이도, 나도 이런 시선에서 여전히 자유롭지 못하다는 면에서 나는 은이에게 동병상련을 느꼈다. 그날 나는 지인에게 이렇게 말했다.

"새끼를 낳았는지 그렇지 않았는지는 알 수 없죠. 하지만 그게 뭐가 중요해요. 존재 자체만으로, 이렇게 우리 곁에 있는 것만으로도 소중한 거죠. 중성화 수술을 하면 더 오래오래 함께할 수 있잖아요."

여전히 기울어진 운동장

이런 일들을 경험하면서 나는 '기울어진 운동장'에 서 있다는 점에서 동물과 여성의 처지가 크게 다르지 않음을 깨닫게 됐다. 여성이 남성 중심으로 기울어진 가부장제 사회에서 남성의 시선 속에 갇혀 살아간다면, 동물은 인간 중심으로 기울어진 세상에서 인간의 시선에 갇힌 채 살아간다.

비건 페미니즘의 고전인《육식의 성정치》를 쓴 캐럴 J. 애덤스도 여성과 동물은 쉽게 '대상화'되고 '파편화'되며 '소비'된다고 강조한 바 있다. 그녀는 가부장제에서 지배자인 남성은 여성을 물건처럼 사고팔고, 여성의 육체를 부위별로 감상하며, 미디어는 이런 여성의 이미지를 상품처럼 진열하고 소비한다고 지적한다. 동물 역시 마찬가지로 다뤄진다. 인간은 동물을 물건처럼 대하고 (심지어 2021년 7월까지 한국의 민법은 명실상부하게 동물을 '유체물(물건)'로 규정하고 있었다), 신체를 조각내어 생명체가 아닌 음식으로 소비한다.

그래서일까. 반려동물의 복지에, 동물들의 아픔에 관심을 갖는 이들 중엔 여성의 비율이 압도적으로 높다. 한 논문에 따르면 동물권 활동가의 대다수는 여성이며 이는 한국에서뿐 아니라 외국에서도 마찬가지다. 논문의 저자는 이렇게 분석한다.

여성은 억압의 대상으로서 소수자의 시각으로 세상을 바라볼 수 있고, 같은 착취의 피해자라서 동물에 대한 관계의 억

압성과 폭력성을 인지하기 쉽기 때문이라 볼 수 있다.[1]

은이와 함께하면서 나는 가부장 사회에서 여성의 자리와 인간 중심적 사회에서 동물의 자리가 결코 다르지 않다는 걸 매일매일 체험한다. 기울어진 운동장에 서서 살아간다는 점에서 나와 은이는 같은 처지에 있다. 그래서인지 나는 인간 중심의 사회에서 동물들이 겪는 불편을 전보다 더 잘 알아차리게 됐다. 또한 다른 소수자들이 겪는 편견과 차별에도 더욱 민감해졌다. 그리고 모든 편견과 차별 및 혐오는 결국 다 연결되어 있음을 온몸으로 느낀다.

이 차별과 혐오의 고리를 끊는 것은 과연 어디서부터 시작될 수 있을까? 은이와 함께하는 소소한 일상에서 나는 종종 이런 거대한 질문을 맞닥뜨린다. 때로는 아주 아픈 경험과 함께 말이다.

학대와 욕망은

한
끗
차

　나의 인스타그램 앱을 열면 매일 새로운 동물 사진들
이 올라온다. 내가 팔로우하는 계정이 주로 동물과 관련한
계정들이기 때문이다. 동물권 단체 혹은 반려인 이웃들을
팔로우하는데, 어떤 날은 '잔혹한 영상이 들어 있습니다'라
는 자막과 함께 까만 화면이 제일 먼저 뜨기도 한다. 동물
권 단체에서 학대 현장을 고발한 영상들이다. 그러면 나는
화면을 터치해 볼 엄두가 안 나 얼른 스크롤을 내려 버린
다. 동물권 단체들은 이렇게 동물 학대 현장을 고발하거나
구조된 동물들의 모습 혹은 이들이 사랑을 받아 변해 가는
모습이 담긴 사진들을 포스팅한다. 경고 문구가 달린 검은
화면만 아니면 나는 대체로 이 영상과 사진을 다 보는데 그

때마다 분노와 죄책감, 슬픔으로 뒤범벅되곤 한다.

반면, 반려인 이웃들이 올린 영상과 사진에는 너무나 귀엽고, 발랄하며, 사랑을 듬뿍 받고 살아가는 반려동물의 모습이 가득하다. 자꾸 보아도 또 보고 싶은 사랑스러운 동물들의 모습은 언제든 나를 미소 짓게 한다. 이 예쁜 동물들을 보면서 마음의 긴장을 풀기도 하고, 이들의 보호자가 쏟는 정성에 감탄을 하기도 한다. 좋은 정보를 얻는 경우도 많다. 그런데 언제부턴가 나는 이 예쁘기 그지없는 동물들의 모습을 보면서도 왠지 모를 불편함을 느끼곤 했다. 동물권 단체의 사진들을 볼 때만큼의 극렬한 불편감은 아니지만, 마냥 즐겁지만은 않았다.

나는 이 불편한 마음의 이유가 궁금해 한동안 곰곰이 내 마음을 들여다보았다. 그러다 알 수 있었다. 학대, 방치, 유기된 동물들의 사진과 매우 잘 관리된 동물들의 사진에서 동시에 느껴지는 불편함의 원인이 크게 다르지 않음을 말이다. 그건 바로 동물을 '객체화'하는 시선이었다.

물건도 이렇게 다루지는 않는다

'객체화'는 어떤 살아 있는 주체를 하나의 수단이나 도구로 바라보는 시선이다. 보선 작가는 《나의 비거니즘 만화》에서 에반젤리아 (리나) 파파다키의 《객체화에 대한 페미니즘의 관점들》을 인용해 동물을 객체화하는 태도를 설명한다. 이에 따르면 동물을 객체화할 때 우리는 동물을 하나의 도구로 대하며, 감정이나 경험을 느끼지 못하고 행위의 주체성이 없는 것처럼 대한다. 또 몸집으로 닭이라는 동물의 가치를 재듯 몸을 동물 그 자체와 동일시하며, 품종견을 선호하는 등 외모에 따라 다르게 대우한다.

　동물권 단체들이 고발하는 학대와 유기, 방치의 현장은 이런 객체화가 가장 폭력적으로 행해진 경우일 것이다. 자신의 개를 자동차에 매달고 달리는 사람, 개를 길들인다며 좁은 나무 위에 세워 두고 벌서게 한 보호자, 세탁기에 고양이를 넣고 돌려 죽게 한 사람…… 동물권 단체에서 고발해 알려진 이런 사례들에서 동물은 그저 물건처럼 대해질 뿐이다. 사실, 물건도 이렇게 함부로 다루지는 않는다.

　이런 극단적인 학대가 아니더라도 공장에서 물건 사듯 동물을 샀다가 귀찮거나 병이 들면 버리는 일 역시 마찬가지다. 휴가철만 되면 버려지는 개가 늘어나고, 코로나로 인해 집 안에서 주로 생활했던 시기에 반려동물을 키우는 사람이 많아졌다가 코로나가 잠잠해지자 유기동물이 다시 늘어나고 있다는 뉴스들은, 동물을 사고팔고 버리는 물건처럼 대하는 이가 여전히 많음을 보여 준다.

예쁘고 귀엽다고 입양해 놓고는 마치 물건 하나 들인 듯 기본적인 돌봄조차 제공하지 않고 방치하는 경우 역시 마찬가지다. 한여름에 반려견을 오랫동안 차 안에 홀로 놔 두고 볼일을 보고, 역의 사물함에 동물을 넣어 두고 관광을 하거나 반려동물을 며칠씩 집에 홀로 남겨 둔 채 여행하는 사례들 역시 동물을 감정도, 신체적 고통도 느끼지 않는 물건으로 대하는 예들이다.

다행히도 이런 사례들은 너무나 극명하게 동물을 객체화하는 게 드러나기에 대다수의 사람은 이것이 잘못되었음을 안다.

예쁜데 왜 불편할까

그런데 나는 학대나 방치, 유기로 보이지 않는 잘 관리된 동물 사진을 보고도 종종 객체화의 시선을 느낀다.

SNS에는 특정 견종을 선호하고, 견종의 아름다움을 한껏 과시하도록 치장된 개들의 사진이 가득하다. 이런 개들의 사진을 보면 한편으로는 부럽기도 하고, 모델처럼 개를 가꾸는 보호자의 부지런함에 감탄하기도 한다. 하지만 그것이 과하다고 느껴질 때도 있다. 그럴 때면 개의 입장이 되어 보곤 한다. 저렇게 털을 손질하고, 견고한 자세로 흔들림 없이 서서 사진을 찍기 위해 얼마나 오래 참아야 했을까, 정말 저 개는 이런 것들을 원해서 하고 있을까, 자신의 치장된 모습에 스스로도 만족하고 있을까. 이런 의문들이 들 때면 이 개들 역시 보호자의 욕망을 실현하는 하나의 '객체'로 다뤄지고 있는 건 아닐까 하는 생각이 밀려온다. 마치 감상의 대상이 된 전시물처럼 말이다. 그럴 땐 이 멋진 개들이 안쓰럽게 느껴지기도 한다.

때로는 자신의 반려동물은 극진히 보살피지만, 타인은 함부로 대하는 사람들을 만나기도 한다. 영화나 드라마에도 이런 캐릭터들이 자주 등장하는데, 대체로 부유하고 힘을 가진 이들이 개를 동반하는 모습으로 그려진다. 매체 속 이들은 자신의 반려동물은 극진히 대접하지만, 주변 사람들에게는 갑질을 일삼는다. 실제로도 개나 고양이에게는 온갖 정성을 쏟으면서 타인을 함부로 대하고 약자의 삶에는 관심을 두지 않는 사람들은 늘 우리 주변에 있다. 나는 이들에게 반려동물은 자신의 욕망을 드러내고 부와 힘을 과시하기 위한 수단이 아닐까 생각해 본다.

어쩌면 나의 이런 조금은 '꼬인' 생각은 은이를 완벽하게 가꿔 주지 못하는 나의 게으름을 해명하고 싶은 마음이 투사된 것인지도 모르겠다. 하지만 반려동물을 지나치게 모델처럼 가꾸고 명품처럼 대하는 경우, 자신의 어떤 욕망을 반려동물에게 투영하고 있는 것이 사실인 듯싶다. 《나는 반려동물과 산다》에 실린 경희대학교 김영임 교수의 글에 따르면 반려동물의 기원 자체가 빅토리아 시대 귀족들이 신분의 상징으로 개를 키우던 데서 비롯됐다고 한다. 즉, 신분이나 권력을 과시하기 위한 일종의 수단으로 반려동물 문화가 시작됐다는 것이다. 그렇다면 지금 우리 마음속에도 나의 반려동물을 통해 나를 내세우려는 욕망이 (정도는 다르겠지만 조금씩은) 들어 있지 않을까. 이웅종 훈련사 역시 저서 《개는 개고 사람은 사람이다》에서 다음과 같이 적었다.

> 개를 좋아하는 게 아니라, 내 개를 보고 좋아하는 다른 사람의 표정을 좋아한다.[1]

이렇게 반려동물을 욕망의 대상으로 삼는 건 학대나 유기, 방치처럼 나쁜 일로 보이지 않기 때문에 보통의 반려인들도 쉽게 범하기 쉽다. 하지만 반려동물을 나를 빛내 주는 무언가로 여기는 이런 태도 역시, 동물을 진심으로 존중하는 태도와는 거리가 멀다.

개에게 진짜 지능은 무엇일까

유튜브와 인스타그램에서 내가 자주 찾아보는 영상이 있다. 바로 잘 훈련된, 보호자의 말을 정말 잘 듣는 개들의 영상이다. '천재견'이라고 검색어를 입력하면 온갖 명령을 완벽하게 수행하는 똑똑한 개가 많이 나온다. 나는 감탄하면서 이들의 모습을 보고 또 본다. 솔직히 이 영상 속의 개들과 우리 은이가 비교될 땐 속이 상하기도 한다. 은이가 수행하는 명령은 오직 하나 '기다려'뿐. '손'도 모르고 '앉아', '엎드려'도 할 줄 모른다. 은이는 사람을 무척 잘 따르지만 약간 '개냥이'스러운 면도 있어서 자신이 원치 않을 땐 불러도 못 들은 척하기도 한다. 그래서 보호자의 말을 잘 따르는 강아지들을 보면 부러운 마음이 드는 게 사실이다.

그날도 나는 '천재견'이라고 검색어를 입력하고 똑똑한 개들의 영상을 즐기고 있었다. 그러다 한 댓글에서 '개들의 지능 순위'가 링크된 것을 보았고, 그 링크를 따라 들어가 보았다. 전 세계 100여 견종을 지능이 높은 순으로 나열한 표였다. 나는 은이의 견종인 '몰티즈'를 열심히 찾았다. 실망스럽게도 몰티즈는 꽤 후순위에 있었다. 그리고 이런 설명이 곁들여 있었다.

'몰티즈는 고집이 세 훈련이 잘 안 되는 개 중 하나. 따

라서 지능 순위는 낮게 평가됨'

　나는 그제야 알 수 있었다. 개들의 지능이란 결국 사람이 길들이기 쉬운 것, 훈련이 잘되고 사람의 명령을 잘 따르는 걸 의미함을 말이다. 그러니까 개가 똑똑하고 그렇지 않은 것은 전적으로 사람의 편의에 따른 것이었던 거다. 그런데 그 기준 또한 사람하고는 너무나 달랐다. 사람의 경우 지능이 높은 아이들일수록 자기주장이 강하고 고집이 센 것으로 받아들여지곤 한다. 하지만 개는 순종적일수록 지능이 높다고 평가되는 것이다. 나는 여기서도 동물을 사람의 필요에 따라 평가하는 '객체화'의 시선을 느낄 수 있었다.

　그렇다면 개에게 필요한 지능이란 어떤 것일까? 냄새를 잘 맡고, 소리를 잘 들으며, 자기 자신을 잘 지킬 수 있는 것들이 개에게는 더 중요한 지능들 아닐까(이 역시 나의 관점이긴 하다). 개의 관점이 아닌 사람의 관점에서 평가한 지능이 개들에게 과연 의미가 있을까 싶었다. 이를 알아차리고 나니 사람의 지시를 잘 따르는 천재견들이 더 이상 부럽지 않게 됐다.

　반려동물의 모습이 담긴 SNS 속 사진과 영상을 보면서 내가 느낀 이 불편감들은 한 차원에 놓기 어려운 것들이긴 하다. 학대하는 보호자와 열심히 돌보는 보호자의 마음을 똑같은 선에 놓고 볼 수는 없는 일이다. 도덕성의 관점에서도 분명 커다란 차이가 있다. 하지만 하나의 공통점이 발견되는데 바로 '인간의 관점'으로 동물을 대한다는 것이다. 자신의 필요에 따라 동물을 이용했다 버리거나 분풀이를 하는 것, 동물을 과시의 수단 혹은 장식품으로 대하는 것, 인간에게 순종하는 정도로 개를 평가하는 것. 이 모두는 우리가 얼마나 '인간 중심적'인 시각에서 동물들을 대하고 있는지를 잘 보여 주는 예들이다. 이처럼 동물은 쉽게 '객체화'되고 도구처럼 다뤄진다.

이해할 수 없음을 인정하는 마음

나는 이런 것들이 느껴질 때마다 내 마음을 점검해 본다. 나는 과연 은이를 어떻게 대하고 있는 것일까. 사람인 나의 관점을 강요하지 않고, 은이의 관점으로 세상을 바라보고 진정으로 존중해 준다는 건 어떤 것일까. 때로는 은이가 보는 세상이 궁금해 은이와 똑같은 자세로 마룻바닥에 얼굴을 대고 있어 보기도 한다. 하지만 아무리 애써도 은이가 보고 듣고 냄새 맡는 것을 사람인 내가 느껴 볼 방법은 없었다. 내가 내린 결론은 나로서는 아무리 노력해도 다 이해할 수 없다는 것뿐이다.

결국 우리가 할 수 있는 건 '나의 반려동물을 다 이해할 수 없다'는 겸손한 마음을 갖는 것 아닐까. 인간으로서 인간의 관점으로 동물들을 대하고 있음을 인정하고, 내가 보고 판단하는 것이 동물에게는 가당치 않을 수도 있음을 알아차리는 것. 이러한 차이를 줄여 가기 위해 반려동물의 입장을 한 번 더 헤아려 보는 것. 이것만이 인간 중심적인 관점을 돌아보고 동물을 객체화하는 걸 최소화할 수 있는 길일 테다. 이에 대해 이소영 작가는《동물에 대한 인간의 예의》에서 다음과 같이 적었다.

> '개방적 인간중심주의'는 인간의 관점에서 사고할 수밖에 없는 인간의 인지적 숙명을 시인하며 우리의 사고가 '전지적' 시점이 아닌 '인간적' 시점에서 수행됨을 겸허히 받아들이는 태도를 말한다. 다시 말해, 우리가 수많은 시간을 들여 아무리 이해의 영역을 확장해도 우리는 '개'가 아니고 '고양이'가 아니며 어떠한 현상도 인간의 관점에서 벗어나 이해하는 일은 불가능할 것이다. 그러니 중요한 것은 한계를 완전히 뛰어넘는 것이 아니라 인간인 우리의 내연을 한 뼘씩 확장하는 일이다.[2]

‘개방적 인간중심주의’. 동물을 진심으로 존중하며 함께하는 삶을 살아가고 싶다면 꼭 새겨야 할 태도가 아닌가 싶다.

좋은 생명체로

살아가는 법

은이와 대구의 한 공원에서 산책을 하고 있을 때였다. 흙으로 조성된 생태 친화적 공원엔 아이들이 옹기종기 모여 있었다. 은이도 모처럼 밟는 흙의 보드라운 감촉을 즐기는 듯했다. 그런데 은이가 걷고 있는 길에 물줄기가 흐르기 시작했다. 비도 오지 않았고, 근처에 수도가 있는 것도 아니었는데 이상하다 싶었다.

물줄기는 아이들이 모여 있는 곳에서 시작되고 있었다. 나는 호기심에 슬쩍 아이들의 놀이를 훔쳐보았는데 순간 놀라고 말았다. 아이들은 개미굴을 파헤쳐 놓고는 그 안에 물을 붓고 있었다. 아마도 이 아이들은 놀이터에서 뛰어놀다 우연히 작은 구멍 하나를 발견했을 것이고 재미 삼아

구멍을 파다가 물을 넣고 있었을 것이다. 하지만 그 안에 있을 개미들을 생각하니 나는 소름이 끼쳤다. "개미들 다 죽는 거 아니야"라며 키득거리는 한 아이의 천진난만한 목소리가 섬뜩하게 느껴졌다. 거기서 조금 떨어진 곳에 있는 벤치에는 아이들의 부모로 보이는 어른들이 모여서 한바탕 이야기꽃을 피우고 있었다.

아무리 작은 생명이라고 해도 살아 있는 것을 죽음으로 내모는 일을 놀이로 여기는 아이들, 그리고 그런 아이들을 바라보며 흐뭇하게 담소를 즐기는 부모들을 보고 있노라니 마음이 무거워졌다.

은이와 살면서 불편해진 것들

사실 내가 원래부터 이렇게 예민한 건 아니었다. 예전엔 나 역시 이런 것들을 아이들의 자연스러운 놀이라 생각했었다. 그런데 은이와 함께하게 되면서 많은 것이 달라졌다. 나와는 완전히 다른 종인 은이와의 교감은 사람뿐 아니라 다른 동물들도 느끼고 생각할 수 있으며 안전과 삶을 갈구하는 존재임을 깨닫게 했다.

은이가 바라보는 세상이 어떨까 궁금해 은이의 관점

을 헤아려 보려 노력할수록, 다른 동물들은 어떻게 세상을 바라보고 있을지 점점 더 궁금해졌다. 하늘에서 세상을 내려다보는 새들의 느낌과 땅에 딱 붙어서 움직이는 개미들이 바라보는 세상이 궁금해 생태탐험용 거울을 눈에 대고 산길을 걸어 보기도 했다. 이 거울 역시 사람이 상상해서 만든 것이라 완벽하진 않겠지만, 새들이 보는 세상과 개미가 보는 세상은 정말 많이 달랐다. 사람인 우리가 보는 세상이 전부가 아닌 게 분명했다.

그러자 불편한 게 점점 많아졌다. 아이가 바닷가에서 작은 게를 잡아 와 키우기 시작했다는 이웃의 블로그 글, 실내 동물 체험 공간에서 먹이를 주는 모습을 담은 SNS 속 사진, 산에서 잡아 온 곤충을 키우다 죽었다고 슬퍼하는 아이가 '동물을 너무 사랑해 큰일'이라고 고민하던 한 친구. 나는 이제 이들의 사진에 더 이상 '좋아요'를 누르지 못하고, 친구의 고민에 공감의 말을 해 주지 못한다. 대신 이런 질문이 내 마음을 사로잡는다.

'왜 우리는 이렇게 다른 생명들을 인간의 관점으로만 바라보고 이용하는 걸 당연하게 여기게 됐을까?'

그러다 내 아이와 이웃의 아이들이 어릴 적부터 받아 온 교육의 장면들이 떠올랐다.

'올챙이 키우기'가 생태교육?

돌아보면 코로나19 사태가 벌어지기 전, 어린이집이나 유치원의 단골 현장학습 코스 중 하나는 동물원 혹은 동물 체험 시설 견학이었다. 내 아이 역시 어린이집에 다닐 때 버스를 타고 대구 시내의 한 동물원(이 동물원은 동물 학대와 방치로 뉴스에 오르내리기도 했다)에 간다고 신나 했던 기억이 있다. 아이들은 좁은 우리에 갇힌 야생동물을 구경거리로 삼고, 만져 보거나 먹이를 주는 것을 '동물 사랑'이라고 배운다. 하지만 동물에게 이는 고유한 삶의 방식을 박탈당한 학대에 해당한다.

작은 동물을 사육하는 것을 생태교육이라 여기는 곳도 많은 것 같다. 같은 아파트에 사는 한 이웃은 유치원생 아이의 과제로 올챙이를 키워야 했다. 유치원에서 생태교육의 일환이라며 올챙이를 컵에 담아 아이들에게 나누어 주고, 집에서 개구리로 변하는 과정을 관찰해 오라고 했단다. 올챙이가 개구리가 된 후, 이웃은 개구리를 어떻게 해야 할지 몰라 난감해했다. 하지만 나는 이웃보다 개구리가 더 당황했을 거라는 생각이 들었다. 숲의 연못에서 살아야 할 개구리가 작은 어항에 갇혀 실내에서 살아야 한다니 얼마나 답답했을까. 그래서일까, 개구리는 이웃이 어떻게 하기도 전에 일찍 세상을 떠났다.

　　이런 '생명 경시' 교육은 초등학교 이후에도 계속된다. 아이가 초등학교 5학년이 됐을 때였다. 어떻게 알았는지 동네 과학 학원들에서 내게도 홍보 문자들을 보내왔다. 그런데 이들이 자랑하는 커리큘럼엔 '동물 해부'가 버젓이 들어 있었다. 소 눈, 개구리, 돼지 폐 등을 해부힌디는 학원들의 홍보에 나는 마음이 쿵 하고 내려앉았다. 동물 해부는 세계적으로도 생명을 도구화하는 것은 물론, 아이들에게 정신적 트라우마를 남기는 것으로 인정돼 사라지고 있는 추세다. 그런데 한국의 사설 학원들에서는 이것이 버젓이 '프리미엄 교육과정'에 포함되어 있었다. 더 놀라운 건 이런 문자가 2020년 이후에도 계속 발송되었다는 것이다.

　　2018년에 개정되어 2020년 3월부터 시행되고 있는 동물보호법에서는 미성년자의 동물(사체 포함) 해부를 금지하고 있다. 이에 따르면 2020년 이후에 동물 해부 실험을 홍보하는 것은 명백히 불법이다. 하지만 학원들은 이를 '불법'이 아니라고 여기는 듯했다. 동물보호법상 동물의 정의에는 포유류, 조류, 파충류, 양서류, 어류가 다 포함되는데, 대통령령으로 단서가 하나 달렸기 때문이나. '식용 목직으로 사육하는 파충류, 양서류, 어류는 이 법에서 제외된다'는. 하지만 이 법의 취지가 아이들을 정서적 트라우마로부터 보호하기 위해 '미성년자의 동물 해부 실습을 금지'하는 것인 만큼 이러한 해부 실험은 하지 않는 게 옳다.

그럼에도 해부 특강은 매년 조기 마감될 만큼 큰 인기를 끌었고, 몇몇 이웃은 흰 가운을 입고 해부를 하는 아이들의 모습을 자랑스레 찍어 SNS에 올리기도 했다.

'좋은 생명체'가 되어 가는 기쁨

나는 아이들이 어린이집에서부터 경험하는 이런 교육들이 동물을 사람의 관점에서 이용하고, 도구화하는 시선을 자연스럽게 여기게끔 하고 있다고 생각한다. 이런 교육을 받고 자란 성인들은 또다시 같은 방식으로 아이들을 교육하고, 이는 인간 중심의 사고를 더욱 강화할 뿐이다. 다른 생명과 자연을 착취하는 이런 시선이 얼마나 많은 재앙을 불러일으키고 있는지 생생히 경험하고 있으면서도 말이다(코로나19 역시 이런 재앙 중 하나다).

나는 과학 학원을 알아보다 아이와 이에 대한 이야기를 나누었다. 은이와 함께 자라 온 아이는 이런 이야기들을 잘 이해할 수 있었고, 우리는 아무리 유명한 학원이라 해도 동물 해부를 하는 곳에는 다니지 않기로 했다. 아이는 흰

가운을 입고 동물을 해부하는 대신 집에서 파자마 차림으로 인터넷 강의를 듣는다. 하지만 아이가 과학 수업을 따라가는 데는 지금껏 아무런 문제가 없다(오히려 아이는 과학을 매우 좋아한다).

또한 작은 곤충도 함부로 죽이지 않는다는 원칙을 세웠다. 우리 가족은 창문을 열어 둔 사이 집에 들어온 작은 곤충들이나, 산에 갔다 모자나 신발에 붙어온 애벌레를 발견했을 때 조심스럽게 밖으로 나가 놓아 준다. 무당벌레 같은 곤충들은 나무젓가락 등에 올려 내보내 주기도 한다. 원래 있던 산까지 데려다 주지는 못해도 최대한 자연에서 살도록 하기 위해서다. 동물원, 수족관, 동물 쇼, 동물 체험 축제 등을 관람하는 일도 더 이상 하지 않는다.

누군가는 반문할지도 모르겠다. 더 불편해진 것 아니냐고 말이다. 수족관이나 동물원에도 마음대로 못 가고, 곤충이 들어올 때마다 밖에다 데려다 줘야 한다니 많은 제약 속에 살아가고 있는 것처럼 보일 수도 있겠다. 하지만 나는 인간이 아닌 동물의 삶을 생각하면서 오히려 삶이 '확장'되어 감을 느낀다. 다른 생명을 존중하려는 노력은 다른 존재와 우리를 연결해 준다. 이런 연결감을 느낄 때 나는 내가 '사람'이라는 종을 넘어 보다 '좋은 생명체'가 된 것 같은 뿌듯한 마음이 든다. 우리의 교육이 달라진다면 좀 더 많은 아이가 이런 기쁨을 맛보면서 자라날 수 있지 않을까.

아이들이 동물원이나 수족관이 아닌 유기 동물 보호소로 현장학습을 가 동물과 진정한 교감을 나누고, 숲의 곤충들을 집으로 데려오는 대신 숲으로 가 조용히 관찰하는 교육이 이뤄진다면, 해부가 아닌 모형과 시뮬레이션을 통해 생명의 신비를 배우는 게 당연한 일이 된다면, 동물 생태학자 사이 몽고메리가《좋은 생명체로 산다는 것은》에 적은 '좋은 생명체로 살아가는 법'을 배울 수 있을 것이다. 사람과 동물이 서로를 배척하지 않고 '좋은 생명체'로서 함께 어울려 사는 지구라니 생각만 해도 마음이 설렌다. 우리 아이들이 다 커 버리기 전에 이런 세상이 온다면 정말 좋겠다.

육식 권하는

TV

고단한 하루를 마친 주인공 수재(서현진 분)는 집에 돌아와 컵라면에 물을 붓고 TV 앞에 앉는다. 그때 절친한 친구 준희(차청화 분)에게 전화가 온다. 둘은 이런 대화를 나눈다.

준희 "야, 저녁 안 먹었지? 빨리 와라. 고기 구울 거야."

수재 "나 지금 먹어."

준희 "개뿔, 보나 마나 컵라면이나 빵 쪼가리 뜯어먹고 있겠지. 잔말 말고 당장 치우고 빨리 튀어와. 한우야. 완전 특부. 내가 간만에 소를 샀다."

수재 "됐어. 귀찮아."

준희 "어떻게 소가 귀찮냐. 그건 소님한테 예의가 아니다."

수재 "그럼 넌 소님한테 예의를 차린다고 특부를 굽는다고?"

내가 한동안 재미있게 봤던 드라마〈왜 오수재인가〉의 한 장면이다. 나는 이 대사들을 듣다 말고 갑자기 구역질이 올라왔다. '소를 잡아먹는 게 소에 대한 예의'라고 표현한 말이 무척이나 혐오스럽게 느껴졌다. 사실 이 장면은 친구 간의 우정을 보여 주는 것이었을 뿐이다. 이를 알면서도 나는 심히 불편했다. 그리고 생각했다. '아! 정말 프로불편러가 다 됐구나' 하고.

은이와 살면서 불편해진 것의 최고봉은 바로 이거다. 내가 비건을 지향하게 되었다는 것이다. 사실 나는 어릴 때부터 고기를 즐겨 먹는 편은 아니었다. 초등학교 4학년 때 학교서 천안의 독립기념관으로 견학을 갔는데 그때 일제강점기의 고문 장면들을 보고 무척이나 비위가 상했었다. 그 후 나는 빨간 고기를 보면 '피'가 연상돼 도저히 입에 넣을 수가 없게 됐다. 고기가 빠졌던 국물도 비리게 느껴져 도저히 삼킬 수가 없었다. '비건'이라는 단어도 모르던 시절, 나는 그렇게 자연스럽게 붉은 고기를 끊었다.

하지만 해산물과 유제품은 내가 즐겨 먹는 음식들이었다. 그러다 은이를 만났고, 다른 동물들의 삶이 궁금해졌다. 이들에 대한 책을 읽고 영상을 보다 동물권을 알게 됐고, 결국 비건 지향을 선언할 수밖에 없었다('비건 지향'이라고 쓴 건 내가 완전한 비건으로 살지는 않기 때문이다. 하지만 되도록이면 비건으로 살려고 매 순간 의식적으로 노력한다). 내게 비건 지향으로 사는 일은 원래 고기를 안 먹었기 때문에 그리 힘들지 않았다(고기를 안 먹는 건 전혀 힘들지 않지만, 사 먹을 수 있는 게 별로 없다는 점은 불편하다). 소비하는 물건도 동물을 착취하지 않은 것, 환경을 배려한 것으로 차차 바꿔 갔다. 화장품이나 세제 등을 구입할 때는 비건 마크를 확인하고, 옷이나 가방, 가구 등도 동물을 이용한 소재는 되도록 사지 않는다. 이런 실천들은 내가 주체적으로 행하는 것이기 때문에 좀 불편해도 대체로 즐겁다. 오히려 나의 가치를 실천하고 있다는 기쁨이 더 큰 편이다.

특별한 날엔 역시 고기지?

하지만 드라마를 유독 좋아하는 내게 TV가 불편해진 일은 전혀 기쁘지 않았다. TV를 시청할 땐 내가 의식적으로 어떤 장면을 골라 보기보다는 나오는 화면들을 수동적으로 보게 된다. 비건이더라도 육식 장면에 노출될 수밖에 없다. 문제는 내가 보아 온 대부분의 드라마에서 육식이 대세였다는 거다. 드라마 속 인물들은 좋은 일이나 축하할 일이 생기면 일단 '소'를 들먹이고, '소'는 누군가를 대접하는 매우 고급스러운 음식으로 취급된다. '돼지'는 주로 드라마 속 직장인들이 스트레스를 받은 날 회식하는 단골 메뉴다. '치킨'은 가난했던 시절 월급 탄 아버지의 사랑이나, 젊은 이들의 자유를 상징하는 단골 메뉴로 등장한다. 드라마 속 재벌이나 권력가가 일을 도모하며 중요한 인물들을 만날 때는 대체로 방금까지 살아 있었던 물고기의 사체(회)나 벌건 피가 그대로 고이는 덜 익힌 스테이크가 등장한다.

나는 그 많은 드라마를 보면서 단 한 번도 주인공들이 샐러드를 먹으며 서로의 성장을 축하하거나, 처음 만난 남녀가 채식 메뉴를 먹으며 마음을 열거나, 친구들이 모여 즐겁게 야채를 먹는 모습을 본 적이 없다. 주로 샐러드나 채식 메뉴는 다이어트를 해야 하는 인물이 다른 동료들이 맛있는 걸 먹으러 가는 모습을 보면서 온갖 인내심을 발휘해 먹어야 하는 음식으로 묘사된다.

드라마에서만이 아니다. 음식을 소재로 한 많은 예능 프로그램이 있지만, 이들이 보여 주는 음식은 대체로 동물성 재료가 주가 되는 음식들이다. 출연진은 맛있게 익어 가는 고기나 생선을 보면서 군침을 삼키고, 그 살 타는 냄새를 '고소하다'고 표현하며 행복한 미소를 짓는다. 일부 예능 프로그램에선 게임 등에서 졌을 때 벌칙으로 '고기를 먹지 못하게 하는 벌'을 내리기도 한다. 채식은 마치 '벌'과 같다는 의미다.

모처럼 재미있게 봤던(나는 예능 프로그램을 별로 좋아하지 않는다) 예능 프로그램 〈해방 타운〉에서는 아침에 건강식으로 샐러드를 먹으며 하루를 시작하는 배우 이종혁이 TV 속 요리 프로그램에서 나오는 고기를 보며 군침을 흘리는 장면이 나온다. 그리고 이런 자막이 등장한다. '나는 풀떼기를 먹는데.' 이 프로그램에선 가수 장윤정이 혼자만의 시간을 즐기면서 한 고기 시장을 찾아 빨갛게 전시된 고기들을 보며 이렇게 외치는 장면도 나온다. "맛있겠다!"

나는 이런 장면들을 볼 때마다 몹시도 불편해진다. 때로는 속이 메스꺼워 고기를 손질하는 장면에서는 채널을 돌려 버리기도 한다. 종종 채식을 폄하하고 있다는 느낌까지 받는다. 그리고 나는 이런 미디어 속 세상을 통해 깨닫는다. 우리 사회가 '육식주의'의 지배를 받고 있음을 말이다.

비건 지향인을 슬프게 하는 것들

아마도 많은 이가 '육식주의'라는 말을 어색하게 느낄 것 같다. 사회심리학자이자 비건 운동가인 멜라니 조이는 저서 《우리는 왜 개는 사랑하고 돼지는 먹고 소는 신을까》에서 육식주의를 '고기를 먹는 것을 당연하고 자연스럽고 필요한 것으로 여기는 하나의 시스템'이라고 정의한다. 조이의 설명처럼 육식은 너무나 당연한 것이어서 이름조차 가질 필요가 없었다. 그래서 '육식주의'라는 말은 '채식주의'라는 말보다 훨씬 늦게 나왔다. 반면 채식주의는 육식주의 사회에서 별나고 특별한 것이었기에 일찌감치 이름을 갖게 됐다. 나는 육식주의라는 말이 어색한 이런 현상 자체가 우리가 육식주의로 기울어진 세상에 살고 있다는 증거라 생각한다.

미디어 속 육식주의는 현실에서도 그대로 경험된다. 우선 대부분의 식당과 편의점, 배달앱 등에서 채식 메뉴는 거의 찾기가 힘들다. 채식은 특별한 것이기에 '채식 식당'에 가야만 먹을 수 있게끔 되어 있다(최근 비건에 대한 관심이 급증하면서 채식 식당이 늘어나고 있다는 건 그나마 다행이다). 상담이 많은 날 나는 종종 편의점에서 간단히 먹을거리를 찾곤 하는데 삼각김밥도, 일반 김밥도, 컵라면도 다 쇠고기,

참치, 햄, 맛살 등이 들어가 먹을 수가 없다. 간혹 유부초밥을 발견하는 날에는 그야말로 횡재한 기분이 든다. 분명 편의점과 유명 커피 체인점에 비건 메뉴가 출시되었다는 뉴스를 보긴 했지만, 아주 소량만 출시하는 건지 아니면 비건 인구가 많아서 다 팔리는 건지 나는 한 번도 맛을 보지 못했다.

배달앱을 이용할 때도 채식 메뉴를 찾는 건 하늘의 별 따기다. 샌드위치든 샐러드든 달걀, 치킨, 햄 등이 기본으로 들어가 주문 메시지에 반드시 '빼 달라고' 요청해야만 한다. 식당에서도 채식 메뉴처럼 인식되는 비빔밥에조차 소고기볶음 고추장을 쓴다든지, 달걀을 얹어 준다. 나는 미리 재료들을 확인하고 '제거'를 요청하지만, 소고기볶음 고추장 앞에선 정말 난감하기 짝이 없다.

그런데 이런 것들보다 더 불편한 건 사람들의 시선이다. 내가 "고기를 먹지 않는다"고 말하면 숱한 질문을 받는다(반면 고기를 먹는 사람들은 왜 고기를 먹느냐는 질문을 전혀 받지 않는다). "왜?" "언제부터?" 그러면 나는 앞서 이야기한 내가 비건을 지향하게 된 과정을 솔직하게 말해 준다. 문제는 그러고 나서 더 불편해진다는 것이다. 비건 지향인임을 고백한 후 나는 종종 나 때문에 타인마저 메뉴 선택에 제약을 받는 것 같아 미안한 마음이 스멀스멀 올라온다. 그저 묻기에 대답했을 뿐인데 어떤 사람들은 이를 자신에 대한 비난으로 받아들이는 것 같아 속이 상할 때도 많다. 몇몇 분은 내게 조롱 섞인 말을 던지기도 한다. "식물도 생명인데 왜 먹어요?" 같은.

어르신들과 식사할 때는 '편식'으로 오해받는 일도 다반사다. 나의 시아버지는 식사를 함께할 때면 내게 천엽 등을 내어 주시며 귀한 것이니 먹어 보라고 권하신다. 편식하면 안 된다는 말과 함께 말이다. 귀한 걸 나누고 싶어 하시는 마음은 알지만, 매번 완곡히 거절하고 나를 설명해야 하는 상황들은 존중받지 못한다는 마음이 들게끔 한다.

삼겹살 대신 두부 요리

그렇다면 정말 육식이 당연한 것일까. 많은 영양학자는 육식이 인간에게 필수적이지 않다고 말한다. 미국영양학회에서는 2016년 '적절히 계획된 채식주의 식단은 건강에 좋고, 영양학적으로 적합하며, 특정 질병의 예방이나 관리에 도움을 줄 수 있다. 잘 계획된 채식주의 식단은 임신이나 수유 중인 여성, 영아기나 유아기의 아이들, 청소년들, 운동선수들을 포함한 생애주기의 모든 개인에게 적합

하다'고 발표한 바 있다. 다큐멘터리 〈게임 체인저스〉는 운동선수들이 비거니즘을 실천하면서 신체 능력을 향상해 가는 과정을 담아 내기도 했다(더 자세한 내용은 〈한겨레21〉 비건 특집 합본호(1424~1425호)를 참고하기 바란다).

반면, 육식주의가 지금 전 인류가 겪고 있는 생명 파괴, 환경과 기후 위기의 주범이라는 증거들이 속속 밝혀지고 있다. 늘어나는 육식 수요를 맞추기 위해 행해지는 공장식 축산으로 인해 동물들은 크나큰 고통 속에 살아간다. 생명이 아닌 '고기'로 다뤄지는 이 동물들을 사육하기 위해 발생하는 엄청난 양의 탄소는 기후 위기의 주범 중 하나다. 여기서 비건 지향의 타당성을 논하고 싶지는 않지만, 고기 섭취를 각자 조금씩만 줄여도 동물의 고통도, 환경에 미치는 나쁜 영향도 줄여 갈 수 있다. 완전한 비건이 되지는 못하더라도 일주일에 한 끼는 채식을 하고, 커피에 우유 대신 두유를 넣어 마시는 정도의 실천은 누구나 할 수 있지 않을까. 이런 작은 실천들이 이어질 때 생명과 환경을 구할 수 있을 것이다.

그러기 위해선 '육식이 정상normal이고 자연스럽고 natural 필요하다necessary (육식의 3N)'는 '육식주의'에서 벗어나야 한다고 생각한다. 채식도 맛있고 건강에 좋으며 기쁜 날 함께 나누는 음식이라는 인식이 확산된다면 육식주의로 기울어진 세상이 조금은 평평해질 것이다. 그럴 때 사람도, 동물도, 우리가 발 딛고 있는 지구도 조금 더 건강해지지 않을까.

나는 이 기울어진 세상을 바로잡는 데 사람들이 매일 접하는 TV가 큰 힘을 발휘할 수 있다고 믿는다. 드라마에서 축하할 일이 있을 때 소 대신 채식 식당에서 고급스러운 저녁 한 끼를 먹는 장면이 자주 나온다면, 그날의 스트레스를 풀기 위해 돼지를 굽는 대신 두부 요리를 먹으며 담소를 나누는 모습이 방송된다면, 육식이 당연하고 채식은 별나다는 생각에 균열이 가기 시작할 것이다. 예능 프로그램에서 샐러드를 맛있게 먹는 모습을 보고 출연진이 '맛있겠다'를 연발한다면, 요리 프로그램에서 다양한 채식 메뉴를 소개하고 고기가 아닌 식물로도 균형 있는 영양을 섭취할 수 있음을 알려 준다면 채식도 육식처럼 대접받는 날이 조금 더 당겨지지 않을까 싶다.

이런 고민을 하던 중 나는 무척 반가운 장면을 하나 만났다. 2021년 방영된 드라마 〈인간실격〉에서 주요 인물 중 한 명인 민정(손나은 분)은 식당에서 음식을 주문하면서 이렇게 말한다.

"부모 자식끼리 서로 알아보는 건 다 안 먹어요. 먹는다고 미워하는 건 아니니까 먹고 싶은 거 골라요."

너무나 기쁜 마음에 나는 이 장면을 여러 번 돌려 보다 대사를 외워 버렸다. 이게 지금까지 내가 본 유일한 비건 지향 캐릭터라는 게 조금 슬프기는 했지만 말이다. 앞으로는 이런 캐릭터들을 좀 더 자주 만나 볼 수 있기를 바란다. 그래서 '육식주의'가 당연한 것이 아님이 널리 알려지기를, 이를 통해 이 지구촌의 동물들이 '음식'이 아닌 '생명'으로 존중받을 수 있게 된다면 정말 좋겠다.

나를 비추고,

성장시키고

대인관계를 주제로 한 집단상담에 참여했을 때였다. 동심원이 여러 개 있는 종이에 자신을 둘러싼 관계들을 적어 보는 작업을 했다. 제일 가운데에는 자신과 가장 가까운 존재를, 원의 바깥으로 갈수록 점점 더 친밀감이 줄어드는 관계를 적는 방식이었다. 집단의 리더는 관계를 사람에 국한하지 말고 신이나 반려동물까지 포함해서 적어 보라고 했다.

그 말을 듣자마자 나는 고민할 것도 없이 원의 한가운데에 '은이'를 적어 넣었다. 언제든 떠올리기만 해도 미소가 지어지는 존재, 집에 없으면 가장 허전하게 느껴지는 존재, 내 옆에 있다는 것만으로도 힘이 되어 주는 존재가 바로 은이였기 때문이다. 그런데 나만이 아니었다. 반려동물과 함께 사는 집단원들은 대체로 반려동물의 이름을 원의 한가운데 혹은 바로 그다음 원쯤에 적어 넣었다. 부모나 배우자, 자녀만큼이나 아니 그 이상으로 반려동물은 한 개인의 삶에서 매우 중요한 존재였던 것이다.

그 후 나는 왜 상담 현장에서 그동안 반려동물과의 관계는 다루지 않았을까 하는 의문이 들었다. 심리상담에서 관계는 매우 중요하다. 사람은 혼자서는 살아갈 수 없는 존재고, 자아상과 성격 등 많은 부분을 함께 살아가는 이들과의 관계(그리고 이 관계에 영향을 미치는 우리 사회의 구조와 문화들)를 통해 형성해 간다. 반려동물과의 관계가 반려인에게 이토록 중요하다면, 이 관계는 반려인의 내면에도 많은 영향을 미칠 터였다.

이를 인식한 후부터 나는 내담자들의 가족관계를 탐색할 때 종종 반려동물이 있는지를 묻는다. 그리고 반려동물과의 관계를 상담에서 다루곤 한다. 대체로 반려동물에 대한 이야기는 인간 가족에 대한 이야기보다 꺼내기 쉽기 때문에 라포 형성(상담자-내담자가 친밀하고 신뢰감 있는 관계를 맺어 가는 것)에도 큰 도움이 된다. 내가 예상했던 대로 반려동물은 한 사람의 내면을 비추고 있었고, 그가 심리적으로 성장해 가는 데 많은 영향을 미치곤 했다.

서로를 구하는 관계

나의 내담자였던 민재 씨(가명)는 고양이와 둘이 산다. 형제가 많지만 경제적으로 어려운 가정에서 자란 그는, 어릴 적 이모 집으로 보내졌다. 다른 형제들은 부모님과 함께 지냈지만, 자신만 이모네로 보내진 것에 대해 그는 큰 상처를 안고 있었고, 가족에게 늘 거리감을 느끼며 외로워했다. 이런 마음을 채우고자 민재 씨는 타인의 사랑을 항상 갈구했지만, 정작 자신은 이런 자기 자신을 혐오하고 있었다. 그러던 어느 날 길에서 떨고 있는 아기 고양이를 발견했다. 그는 어미로부터 떨어져 있는 이 고양이가 어릴 적 자기 자신과 닮았다고 느꼈다. 그렇게 고양이와의 동거가 시작됐다.

그는 고양이를 무척이나 애지중지했고, 고양이가 너무 사랑스러운 나머지 불안해했다. 일할 때도 고양이에게 무슨 일이 생길까 봐 걱정했고, 상담을 할 때도 고양이에게 빨리 돌아가고 싶은 마음을 표현하곤 했다. 하지만 고양이는 늘 한결같이 그 자리에 있었고, 점점 독립적으로 되어 갔다. 그가 집을 비워도 고양이는 편안하게 잘 지냈고, 자신이 원치 않을 땐 그의 스킨십을 매몰차게 거절하기도 했다. 그런 고양이를 보며 그는 점점 불안에서 벗어났다. 또한 자신 역시 가족으로부터 심리적으로 독립할 필요가 있음을 깨달았다고 했다. 고양이가 자신의 욕구를 당당하게 드러내듯, 그도 자신의 욕구를 살펴 주기로 마음먹었다. 이제 그는 가족이나 남에게 사랑받으려 애쓰는 대신, 스스로를 사랑해 주게 되었다. 그의 고양이처럼 말이다. 고양이는 그 덕분에, 그는 고양이 덕분에 안전과 심리적 건강을 회복한 셈이다.

까만 개 '깜구'와 함께 사는 내 이웃의 할머니는 혼자된 외로움과 상실감을 깜구 덕분에 극복한 경우였다. 자녀들이 모두 독립해 타 지역으로 떠나고, 남편마저 세상을 떠난 후 홀로 지내게 된 할머니는 텅 빈 집에서 멍하니 TV만 보며 시간을 보냈다. 그러던 중 '더 이상 키우기 힘들다'고 분양 공고가 난 깜구를 만났다. 깜구가 집에 오자 할머니는 멍하게 있을 수가 없었다. 활발한 깜구를 보니 웃음이 났고, 깜구의 식사를 챙기기 위해 몸을 움직였다. 깜구와 매일 산책도 했다. 산책을 하면서 만나는 다른 반려인들은 할머니의 말동무가 되어 주었다. 지금 할머니는 깜구뿐 아니라 길고양이의 밥도 챙기고, 겨울이면 고양이를 위해 상자로 된 집도 놓아 주면서 사랑을 확장해 가고 있다. 깜구와 할머니도 서로를 구한 관계였다. 나는 반려동물과 사람이 서로 힘이 되어 주는 이런 사연들을 들을 때마다 마음이 벅

차오르곤 한다.

때론 반려동물을 대하는 내담자의 태도를 탐색함으로써 내담자들의 관계 패턴과 성격적인 측면을 알아차리기도 한다. 반려견을 홀로 놔 두고 외출하는 것에 심한 죄책감을 품었던 한 내담자는 자신이 어린 시절 겪었던 분리불안을 반려견에게 투사하고 있었다. 반면 혼자만의 시간을 중시하는 또 다른 내담자는 반려견을 홀로 두는 것에 미안한 마음을 갖지 않았다. 반려동물을 지나치게 통제하려 드는지, 서열을 중시하는지, 방임하는지 등 한 사람이 반려견을 대하는 태도에는 그가 자기 자신이나 타인을 대하는 태도가 반영되어 있었다. 《개와 나》의 저자 캐럴라인 냅도 자신이 반려동물을 대하는 태도를 관찰하면서 이렇게 적었다.

> 개의 통제 문제와 씨름하다 보면, 우리 자아 의식의 핵심부에 있는 것들(불안과 초조, 나와 남에 대한 환상과 망상)이 어떤 식으로든 불거져 나온다는 것이다.[1]

'자격'과 바꿀 수 없는 '마음'

이처럼 반려동물과의 관계는 사람의 마음에 큰 영향

을 미친다. 반려동물을 대하는 태도를 통해 사람의 성격이나 욕망 등을 파악할 수도 있고, 둘의 상호작용 속에서 함께 상처를 치유하고 성장해 가기도 한다. 즉, 반려동물은 사람 가족 못지않게 한 사람의 심리적 삶에 중요한 역할을 하는 것이다. 하지만 반려동물과의 관계는 사회에서 여전히 '인정받지 못한 관계'인 것 같다. 반려동물을 다루는 미디어들, 그리고 많은 사람은 반려인을 향해 이런 말을 하며 '반려동물을 키울 자격'을 운운한다.

"직장 다니면서 혼자 사는데 동물을 키운다고? 그건 동물 방치 아니야?"

"우울증을 앓으면서 무슨 동물을 키워?"

"자기도 먹고 살기 힘든데 동물이라니?"

물론 반려동물에게 편안하고 안전한 환경을 마련해 주는 것은 매우 중요하다. 하지만 자칫 이런 말들은 자신이 처한 상황 속에서 최선을 다해 반려동물을 돌보려 애쓰는 반려인에게 지나친 죄책감을 심어 줄 수 있다. 사람 아이를 키우는 부모에게 우울증이 있다고, 경제적으로 어렵다고, 직장 다니느라 아이를 어린이집에 맡긴다고 당신은 부모 자격이 없다고 말하지 않는다. 그런데도 반려동물을 키우는 사람들에겐 너무나 쉽게 이런 말을 던진다. 실제로 우울증을 앓고 있는 나의 한 내담자는 친구들에게 "네가 우울하면 네 강아지도 우울해진다"는 말을 듣고 심한 죄책감으로 괴로워했다. 친구들이야 '우울해하지 말라'는 위로로 한 말이었겠지만, 늘 강아지에게 더 잘해 주지 못해 아쉬운 마음인 내담자는 이 말에 큰 상처를 받았다.

반려동물을 키우는 사람이라면 피해 갈 수 없는 슬픔인 '펫로스'에 대한 인식도 마찬가지다. 반려동물의 투병이나 죽음으로 힘들어하는 반려인들은 여전히 "그깟 동물이 아프다고" 혹은 "한 마리 새로 들이면 되지"라는 말에 쉽게 노출된다. 반려동물을 간호하거나 애도하기 위해 학교나 직장에 휴가를 신청하는 일 역시 불가능하다. 하지만 앞서 언급했듯, 반려인과 반려동물은 가족보다 더 친밀한 관계를 형성하기도 한다. 그럼에도 불구하고 반려동물에 대한 사랑은 종종 '유난하다'는 취급을 받는다. 이는 반려인들을 위축되게 한다.

좋은 관계의 공통점

나는 이런 내담자들과 이웃들의 반려동물과의 관계, 그리고 우리 사회가 반려인들을 대하는 태도를 살피면서 반려동물과 좋은 관계를 맺는 조건이 사람과 사람 간 좋은 관계의 조건과 별반 다르지 않음을 깨달았다.

　먼저 반려인들의 경험을 있는 그대로 존중해 주는 사회적 분위기가 조성되어야 할 것이다. 세상에 다양한 사람이 존재하듯, 반려인들도 마찬가지다. 형편이 어려운 반려인, 바쁜 반려인, 혼자 사는 반려인, 대가족과 사는 반려인 등 반려인 역시 다양하다. 경제적으로 여유가 있든 한부모 가정이든 대부분의 부모가 최선을 다해 아이를 양육하듯, 반려인들도 대부분 최선을 다해 반려동물을 키운다. 일각에선 학대와 방치 같은 폭력이 벌어지기도 하지만, 이는 가정폭력이나 아동학대가 일어나는 것과 마찬가지로 모두의 일은 아니다.

　경제적으로 어려운 가정의 집에서 아동학대가 일어났다고 해서 부유하지 못한 모든 부모를 싸잡아 비난하지 않듯, 반려인들도 마찬가지 시선으로 대해 줬으면 좋겠다. 형편이 힘들다고 해서 무조건 '개를 키울 자격이 없다'고 말하기보다, 경제적으로 어려운 사람들도 개를 포기하지 않고 키울 수 있도록, 동물 의료비 지원체계 등을 만들자고 목소리를 내면 어떨까. 혼자 사는 사람이 개를 키우면 안 된다고 말하기보다, 혼자 살아도 반려동물과 함께하는 행복을 누릴 수 있도록 반려동물 동반이 가능한 장소가 많아지고, 함께 출퇴근하는 문화를 만들어 가면 어떨까. 실제로 캐나다에서 진행된 한 연구에 따르면 반려동물과의 애착과 유대는 어려운 환경에 처한 사람들에게 더 큰 힘이 되어 준다. 그러니 개를 키울 자격을 운운하기 전에 반려인들의 목소리에 좀 더 귀를 기울여 준다면 좋겠다. 그럴 때 동물은 물론 사람도 소외되지 않을 수 있을 것이다.

또 하나는 반려인들 역시 내면의 성장을 위한 노력이 필요하다는 것이다. 앞서 언급한 민재 씨의 사연에서 보듯, 과도한 의존은 오히려 불안을 낳기도 한다. 민재 씨의 경우 독립적인 면이 강한 고양이어서 그의 불안이 고양이에게까지 전달되지는 않았지만, 개는 이런 경우 반려인의 불안을 고스란히 전달받아 분리불안에 시달리곤 한다. 따라서 반려인들은 자기 자신을 잘 알고 존중하는 '온전한 사람'이 될 필요가 있다. 아마도 이는 반려인뿐 아니라 모든 사람이 평생토록 추구하는 것일 테다. 하지만 반려인이라면, 부모가 자신의 상처나 불안을 아이에게 투사하지 않기 위해 노력하듯, 자신의 반려동물에게도 그렇게 하지 않을 힘을 키워야 한다. 그러기 위해선 스스로의 마음을 잘 들여다보고 자신의 강점과 약점 모두를 '있는 그대로' 수용할 수 있어야 할 것이다.

김보경 작가는 《동물을 만나고 좋은 사람이 되었다》에서 이를 '두 외로움이 만난다고 외로움이 사라지지 않는다.

온전한 각자가 만나야 더 이상 외롭지 않다'고 표현한 바 있다. 나는 이 말에 전적으로 동의한다. 반려인과 반려동물 각자가 자신의 삶에 충실할 수 있을 때 과도한 집착이나 의존에서 벗어나 건강한 관계를 만들어 갈 수 있다. 사람과 사람 사이에서처럼 말이다.

다행히도 반려인은 이런 작업을 해 나가기가 훨씬 수월한 편이다. 반려동물은 반려인의 투사된 마음을 가감 없이 보여 주고, 그로써 반려인이 자신의 모습을 더 잘 알 수 있게 하며, 무조건적인 사랑으로 반려인의 심리적 성장을 돕는다. 그 어떤 모습이든 '있는 그대로' 존중해 주는 반려동물의 사랑은 한 사람이 자기 자신의 다양한 모습을 수용하고 스스로를 통합할 수 있는 최적의 조건이 되어 준다.

> '반려동물이 나에게 갖는 의미'라는 변수만 보더라도, 반려동물은 '구박덩이-장식품-과시물-장난감-킬링타임용-보호대상-친구-동반자-버팀목-성결한 존재'에 이르기까지 그 존재 가치가 각자에게 매우 다양하다.[2]

철학도이자 수의사인 이원영 작가의 책《동물을 사랑하면 철학자가 된다》의 한 구절이다. 지금 우리에게 반려동물은 어떤 의미일까. 반려동물과 관계 맺는 나의 모습을 돌아보면 내 마음의 모양을 알 수 있다. 그리고 그 어떤 모양의 마음도 편견 없이 대해 주는 반려동물을 통해, 우리는 내 마음을 있는 그대로 바라보고 채워 가며 보다 온전한 사람이 되어 간다.

그러니 반려인과 반려동물의 다양한 관계 경험을 편견 없이 존중해 주었으면 좋겠다. 사회 전반에 걸쳐 반려동물이 진정한 가족으로, 반려인에게 중요한 타자로 인정받는다면, 반려동물과의 관계를 통해 보다 온전해지는 사람이 많아질 것이다. 온전하고 충만한 삶을 살아가는 이가 많아질 때 사람과 사람 사이도 더욱 평화로워질 것이다. 그럴 때 우리 사회 역시 동물과 사람이 어우러지고 서로를 있는 그대로 존중하는, 안전하고도 생기 넘치는 곳이 되리라 믿는다.

그래도 사람이

먼저일까?

'정말 다행이야.'

결국 피해 갈 수 없었다. 2022년 3월 말, 2년 넘게 잘 피해 다녔던 코로나 바이러스에 사람 식구 세 명이 모두 감염되고 말았다. 하지만 나는 '다행'이라는 생각이 먼저 들었다.

코로나19 바이러스에 대해 큰 공포심을 갖고 있었던 발생 초기, 그러니까 확진 즉시 시설이나 병원에 격리돼야 했던 때부터 나는 큰 걱정거리 하나를 품고 다녔었다. 바로 '우리 가족이 모두 코로나에 걸려 격리되면 은이는 누가 돌봐 주지?'였다.

가족이 모두 확진될 경우, 지자체에서 정한 동물 병원

에 반려동물을 맡길 수 있다는 소식을 듣긴 했지만, 영문도 모른 채 낯선 곳에서 지내야 할 은이를 떠올리면 '버림받았다' 느낄 것만 같아 불안했다. 재난 시 동물을 돌보는 것에 대한 원칙 자체가 없는 한국의 현실에 실망과 분노가 오가기도 했다(코로나 관련 격리 시 몇몇 지자체에서는 반려동물 임시 돌봄 서비스를 제공했었다. 하지만 그 외의 재난이 발생할 경우 반려동물과 함께 대피하는 규정 자체가 한국에는 없다). 그런데 다행히도, 우리 가족이 코로나19에 감염된 시점은 집에서 잘 쉬는 것으로도 코로나에서 회복될 수 있음을 알게 된 때였다. 가족 모두 코로나에 확진됐지만 자택 격리로 은이와 함께 지낼 수 있다는 사실에 '지금 걸려서 다행'이라는 안도감이 먼저 밀려왔던 것이다.

하지만 마음을 완전히 놓을 수는 없었다. 반려동물이 코로나에 감염된 사례는 많지 않지만, 100퍼센트 걸리지 않는다는 보장도 없었다. 은이의 주치의 원장님은 신체 접촉을 줄이면 괜찮을 거라 했다. 그래도 가뜩이나 화창한 봄 날씨에 (그해 하필이면 딱 그 시기에 벚꽃이 만개하기 시작했다) 산책도 못 하는 은이를 마음껏 쓰다듬어 주지도 못한다니 이 또한 마음이 편치 않았다. 실제로 격리 기간 동안 은이는 거리를 두는 우리를 의아하게 바라봤고, 종종 베란다 창문에 앉아 밖을 내다보며 산책 나온 개들을 보고 짖기도 했다. 그럴 때마다 나는 너무나 미안했다.

동시에 나는 은이와 더 큰 연결감을 느꼈다. 나의 건강과 은이의 건강이 연결되어 있음을, 사람 가족의 불편함이 은이의 불편으로 그대로 이어짐을 실감할 수 있었다. 그런데 가만히 생각해 보니 코로나19 바이러스의 시작은 야생동물과 인간과의 접촉이었다. 야생동물에서 사람으로 바이러스가 옮겨지고, 이로 인해 반려동물의 삶의 질까지 떨어지는 현실을 떠올리자, 은이와의 연결감이 생태계와의 연결로 확장되는 기분이 들었다. 인간과 비인간동물, 그리고 자연이 모두 연결되어 있다는 생각이 들자, 마음 한편이 뭉클해져 왔다.

원헬스

내가 느낀 이 연결감을 표현하는 학술 용어가 있다는 것을 알게 된 것도 바로 그 무렵이었다.

'원헬스one health'.

코로나19 사태 후 자주 들리는 이 단어는 2004년 세계야생동물보전기구가 '하나의 지구, 하나의 건강One World, One Health'을 슬로건으로 삼으면서 개념화된 용어다.

지구는 하나고, 지구 위 생명체들의 건강도 하나라는 의미로, 이때 발표된 '맨해튼 조항'은 원헬스의 개념을 이렇게 설명하고 있다.

> 인간과 가축, 야생동물의 건강이 서로 연계되어 있음을, 그리고 인간의 건강과 식량 공급, 경제에 미칠 수 있는 질병의 위협과 건강하고 잘 기능하는 생태 시스템을 유지하는 데 생물 다양성이 필수적임을 인식하고 협력할 것[1]

나는 이 용어를 알게 된 후 코로나 사태를 계기로 마주한 여러 가지 뉴스가 떠올랐다. 코로나19 바이러스가 인간에게 온 것은 인간이 야생동물을 무분별하게 이용하거나 식용으로 사용하려 했기 때문이라는 뉴스, 그로 인해 인간이 생활 반경을 좁히자 세계 곳곳에서 야생동물의 수가 늘고 자연이 복원되고 있다는 소식은 물론, 다른 인수人獸공통감염병의 증가에 대한 체계적인 분석들은 하나같이 인간과 동물, 환경이 모두 연결되어 있음을 보여 주고 있었다.

가만 생각해 보면, 내 일상에서도 이런 일들은 늘 일어나고 있었다. 매일 은이와 함께 산책을 하면서 나는 조금 더 건강해졌다. 전보다 오래 걸을 수 있게 됐고, 숨도 덜 차며, 체중도 잘 유지하고 있다(실제로 미국과 호주, 유럽의 연구자들은 반려동물과 함께 사는 사람은 그렇지 않은 사람들보다 심장마비에 걸릴 위험이 낮고, 의료비를 적게 사용하며, 비만도도 떨어진다는 연구 결과를 발표하기도 했다). 미세먼지가 자욱한 날에는 산책 나가고 싶어 하는 은이를 달래면서 달라진 지구 환경을 걱정하기도 했다. 은이와 내가 함께 숨 쉬는 공기와 걷는 길이 좀 더 안전하고 깨끗했으면 좋겠다는 생각도 많이 한다. 은이가 딱딱한 아스팔트가 아닌 보슬보슬한 흙을 더 많이 밟기를, 버려진 플라스틱 조각의 냄새가 아닌 꽃과 풀의 냄새를 더 많이 맡기를 늘 바란다. 나 역시 이런 냄새들을 떠올리면 기분이 좋아진다.

코로나 사태 이전에도, 원헬스라는 단어를 알기 전에도, 나와 은이, 환경은 이렇게 일상에서부터 연결되어 있었던 것이다.

'동물'이 '고기'가 되었을 때

그런데 이는 신체적인 건강에만 국한되지 않는 것 같다. 나는 가축을 담당하는 공무원을 내담자로 맞은 적이 있었다. 그는 구제역 파동 때 돼지를 '처리하는' 일을 담당했는데 그 뒤로 외상 후 스트레스 증상과 심한 죄책감에 시달렸다. 그의 이야기를 들으면서 동물의 고통이 인간의 심리적 고통과도 연결되어 있음을 절감할 수 있었다. 그의 이야기를 듣는 나 역시 (현장 경험이 전혀 없음에도 불구하고) 그와 돼지들의 고통을 생생하게 느낄 수 있었고 너무나 마음이 괴로웠다.

이렇게 인간과 동물은 서로 공감하며 마음으로도 연결된다.《다정한 것이 살아남는다》의 저자 브라이언 헤어와 버네사 우즈에 따르면 개가 가축이 된 것 역시 공감하는 마음에서 시작됐다고 한다. 무리에서 도태된 약한 늑대가 인간의 거주지로 먹이를 구하러 내려왔고, 이 중 인간을 공격하지 않고 먹이를 받아먹으며 다정하게 관계 맺을 줄 아는 특성을 지닌 늑대들에게 인간이 연민을 느끼고 돌보기 시작했다는 것이다. 그리고 이 늑대들이 지금의 '개'가 되었다. 즉 인간이 개에게 품은 연민과 공감, 그리고 그 감정에 화답한 늑대들이 인간과 개 사이 끈끈한 관계의 시작이었던 것이다. 개뿐이 아니었다. 많은 유목민은 그들이 돌보았던 가축들에게 영혼이 있다고 믿었고, 연결감을 느꼈으며, 생계를 위해 어쩔 수 없이 도살할 땐 영혼을 달래 주고 고통을 최소화하는 의식들을 거행했다.

이렇게 연결되어 있던 인간과 동물의 마음이 멀어지기 시작한 건 '공장식 축산'이 시작되면서부터다.《안녕하세요 비인간동물님들!》의 저자 남종영 기자는 공장식 축산이 일반화되면서 사람들은 '동물'과 '고기'를 분리시켰고, 동물을 물건처럼 다루게 되었다고 한다. 그리고 인간은 심리적 괴로움을 덜기 위해, 그러니까 공감과 연민의 감정을 느끼지 않기 위해 동물을 해체하고 부위별로 다른 이름을 붙였다. 우리가 '소나 돼지를 먹는다'고 하지 않고 '등심 혹은 안심을 먹는다'고 말하는 것은 '소'라는 동물을 떠올릴 때 느껴지는 감정을 배제하기 위한 무의식적 조치들이다. 이렇게 인간은 동물과 연결된 마음들을 애써 외면해 왔다.

하지만 이제 우리는 공장식 축산의 비극을 잘 알고 있다. 극심한 스트레스 속에서 제대로 움직이지도 못하는 동물들의 모습은 인간에게도 큰 심리적 고통을 가져다 준다. 열악한 환경에서 쉽게 전염병에 감염되는 동물들은 툭하면 살처분되기 일쑤고, 이를 행한 사람들 역시 정신적 트라우마에 시달린다. 또한 공장식 축산으로 대량 '생산'되는 가축들이 뿜어내는 메탄가스는 기후 온난화의 주범이기도 하다. 고기가 될 가축에게 먹일 사료와 야채를 생산하기 위해 숲이 파괴된다.

이로 인해 불거지는 각종 생태계 변화와 이상 기후는 사람들의 마음에도 다시 영향을 미친다. 실제로 많은 사람이 (나도 그렇다) 평소와 다른 날씨를 보며 불안해하고, 파괴

되는 환경을 접할 때 우울한 기분에 휩싸이는데, 이를 '기후 슬픔(생태 슬픔)'이라고 한다. 미국심리학회에서는 기후 슬픔을 실재하는 우울장애로 보고, 2009년부터 기후 관련 심리대책팀을 만들어 연구하고 있다.

그래도 사람이 먼저일까?

다행인 건 이런 마음을 우리의 반려동물들이 깨우쳐 준다는 것이다. 반려인은 대부분 함께하는 반려동물의 아픔을 자신의 아픔처럼 느끼고 공감과 연민의 마음으로 이들을 대한다. 그리고 한번 깨어난 공감과 연민은 점점 더 확대되어 간다. 그게 인간성의 본질이기 때문이다.

그래서 내가 그렇듯, 반려인 상당수는 자신이 기르는 동물뿐 아니라 '고기'로 취급되는 동물들의 안위에도 관심을 갖는다. 좁은 우리에 갇힌 채 비인도적으로 사육당하는 소와 돼지, 닭을 보면 마음이 아프고 뭐라도 해야겠다 생각하게 된다. 그리고 이 아픈 마음을 덜고자 누군가는 동물권 운동에 함께하고, 누군가는 비거니즘을 실천하며, 또 다른 누군가는 일상에서 환경운동을 펼쳐 간다.

이런 마음은 다시 사람에게 향한다. 인간 중심 세상에

서 가장 열악한 대우를 받는 비인간동물들과 연결된 마음들은 주류 중심의 세상에서 소외되고 차별받는 사람들을 더 돌아보게 한다. 실제로 내가 아는 많은 반려인은 동물을 위해 헌신하면서도 소외된 이웃들을 결코 외면하지 않는다. 오히려 적극적으로 관심을 갖고 작은 것들이라도 함께 하려 애쓴다. 실제로 영국에서는 동물보호법이 먼저 제정됐고, 이에 영향을 받아 아동보호법이 만들어지기도 했다. 이렇게 동물과 연결되어 깨어난 공감과 연민은, 환경 및 사람과도 더욱 연결되게 하고, 이는 보다 나은 세상을 만들어가는 원동력이 되어 주고 있다.

그러므로 우리가 흔히 내뱉는 "그래도 사람이 먼저지!"라는 말은 명백히 틀렸다. 그 어떤 생명도 먼저고 나중이 될 수 없다. 모든 생명은 평등하고 서로 영향을 주고받는다. 인간과 비인간동물, 우리를 둘러싼 환경은 모두 연결되어 있기 때문이다.

《나는 반려동물과 산다》에서 박종무 수의사는 이를 이렇게 표현했다.

그러므로 동물을 사랑하고 동물과 함께한다는 것은, 우리 모두가 커다란 생명의 고리에 묶인 생명 공동체라는 점을 잊지 않는 일이다. 생명의 연대는 동물이 우리에게 던지는 아

주 절실한 질문이다.[2]

나는 은이를 통해 오늘도 생명의 연대를 느낀다. 그리고 다짐해 본다. 이제는 '좋은 사람'이 아닌 '좋은 생명체'로 살아가겠다고 말이다. 나의 정체감을 '인간'이 아닌 보다 본질적인 '생명'의 영역으로 확장시켜 준 은이에게 다시 한번 이 말을 전하고 싶다.

"내게 와 줘서 정말 고마워!"

모두

스러지는 존재

사실 나는 이 이야기를 써야 한다는 게 몹시 두렵다. 하지만 은이가 나의 세계를 확장시켜 준 이야기를 쓰면서 이 부분을 쓰지 않고는 마무리가 되지 않을 거라는 것도 잘 알고 있다. 그래서 직면하기로 마음먹었다. 많은 심리학자가 말하듯, 두려움과 불안은 직면하고 나면 오히려 편안해짐을 믿으면서.

이 책의 마지막 장을 쓰고 있는 지금, 내가 은이와 함께한 시간은 만 7년을 꽉 채워 가고 있다. 은이가 우리 가속이 됐을 때 갓 초등학교에 입학한 꼬맹이였던 나의 사람아이는 여드름이 덕지덕지 나고 키도 손도 발도 나보다 훨씬 더 큰 청소년이 됐다. 당시 30대 중반이었던 나와 남편은 이제 불혹을 훌쩍 넘겼고, 흰머리가 늘어났으며, 몸의 여기저기서 시간의 흔적들이 나타나고 있다.

하지만 은이는 달랐다. 호기심 가득한 까만 눈동자와 보드랍게 빛나는 하얀 털, 언제나 총총거리는 빠른 발걸음과 날렵한 몸놀림은 은이도 우리와 함께 나이 들어간다는 사실을 잊게 했다. 언제까지나 아기 같은 모습이 변하지 않을 것만 같았다. 은이 덕분에 우리 가족은 시간의 흐름을 잊고 지내곤 했다. 그런데 마침내 이런 생각에 균열이 나는 일이 생기고야 말았다.

언제나 아기일 줄만 알았는데

2022년 6월 19일은 은이의 만 열 살 생일이었다(실제 태어난 날은 모르지만, 은이가 우리 가족이 된 날을 생일로 삼았다. 나이는 입양 당시 추정 나이로 계산했다). 나는 은이가 10대에 접어든 이 생일을 조금 더 성대하게 축하해 주고 싶었다. 처음으로 수제 반려견 간식집에서 은이의 얼굴을 그려 넣은 생일 케이크를 맞췄고, 특식을 만들어 주었으며, 은이가 좋아하는 인형 장난감을 선물했다. 가족들도 이날은 모두 은이와 함께 시간을 보냈다.

그리고 딱 일주일 후, 은이의 구토가 시작됐다. 아침에 일어나니 거실 카펫 위에 은이가 게워 낸 음식물이 있었다. 어젯밤 먹은 사료 알갱이들이 그대로 나와 있길래 나는 '급하게 먹어서 체했나 보다'라고 생각하며 그날 아침을 일단 굶겼다(8년 차 반려인으로서 이 정도 구토는 일단 한 끼 정도 굶기면서 지켜보면 된다는 걸 알고 있었다). 낮 동안 은이 컨디션은 괜찮아 보였지만, 나는 혹시 몰라 저녁 식사를 평소보다 적게 주었다. 맛있게 먹길래 그렇게 체한 속이 다 가라앉은 줄 알았다. 하지만 그날 밤, 나는 잠결에 은이가 구토하는 소리를 듣고는 놀라서 일어났다. 이틀이나 구토가 이어진 것은 처음이었다. 아침 일찍 병원에 전화를 했더니 주치의 선생님은 앞으로 두 번 이상 구토를 더 하면 병원에 오라고 했다.

　　그날 낮 동안 은이는 구토를 두 차례 더 했고, 밥을 잘 먹지 않았다. 나는 즉시 병원에 갔다. 복부 초음파와 혈액 검사가 이어졌고, 은이는 단순 장염이 아닌 염증성장질환일 확률이 높다는 진단을 받았다. 염증성장질환IBD은 장에서 알레르기 반응이 일어나 만성염증이 반복되는 질환이다. 수의사 선생님은 앞으로 은이는 알레르기 반응을 줄여 주는 처방식만을 먹어야 하며, 증상이 심해질 땐 약물로 다스려야 한다고 했다. 은이의 생명에 지장을 주는 질환은 아니었지만, 맛있는 걸 먹는 게 낙인 은이의 삶의 질을 떨어뜨리는 질병이었다.

나는 너무나 속이 상했다. 질환에 대한 온갖 정보를 찾아봤고, 이 병에 걸린 아이들이 고생하는 사연을 읽으면서 속상해 눈물을 흘리기도 했다. IBD와 장 림프마(암의 일종)를 구분하는 것이 힘들다는 글을 보고는 혹시 더 큰 병은 아닐까 불안해서 잠 못 이룬 밤도 있었다. 하지만 은이는 의연했다. 처방 사료가 맛있는지 밥도 잘 먹었고, 쓴 약도 맛있는 투약보조제에 타 주니 간식인 줄 알고 받아먹었다. 단지 좋아하는 과일이나 야채를 먹지 못해 잠시 실망할 뿐이었다. 다행히도 은이는 증상이 그리 심하지는 않아서 항생제만으로 구토가 완전히 잡혔고 이후 식이조절만으로 잘 지내고 있다. 그런 은이를 보면서 나의 불안도 조금씩 가라앉았다.

그렇게 이 병에 내 마음이 간신히 적응해 갈 무렵이었다. 낮 동안 무더위가 이어지던 터라 이른 아침 은이와 산책에 나섰다. 그런데 10분 정도 걷던 은이가 갑자기 다리를 접질린 듯 주저앉더니 고통스러운 비명을 지르며 일어서지를 못했다. 나는 은이를 안고 즉시 24시 응급 병원으로 달려갔다. 병원에선 엑스레이상 아무런 문제가 없어서 신경계의 손상 여부를 확인해야 한다며 MRI 촬영을 권했다. 기계 안에서 가만히 누워 있을 수 없는 동물들은 MRI 촬영 시 전신마취를 해야 했고, 은이는 마취를 위한 각종 혈액검사와 심장초음파 검사를 받았다. 그리고 나는 이날 은이의 몸에서 노화와 여러 질병의 징후를 발견했다.

은이가 넘어져서 일어서지 못한 건 디스크가 원인이었다. 은이의 심장에선 소리는 정상이지만 초음파상 미세한 혈액 역류가 발견됐다(노령 몰티즈의 고질적인 문제라고 한다). 혈액검사 결과 초기 신장 질환을 예측하는 SDMA 수치가 살짝 높아 신장 질환에도 주의를 기울여야 한다고 했다. 비장에선 추적 관찰을 요하는 작은 결절들이 발견됐다.

매일 새로운 날

나는 한꺼번에 쏟아진 이 정보들을 소화해 내기가 힘들었다. 심장이 두근거렸고, 다리에 힘이 풀렸으며, 구토가 올라오는 것 같았다. 늘 아기 같던 은이의 몸속에 이렇게 여러 노령성 질환이 생겨나고 있었다니 믿기지가 않았다. 특히 비장 결절이 혹시 암은 아닐까 걱정이 되어 미칠 것만 같았다.

이 결과들을 받아들이고 싶지 않았다. 처음 오는 이 병원에선 은이의 지난 기록들을 모르니까, 은이가 얼마나 건강했었는지 모르니까 이런 이야기를 하는 거라 생각했다. 그래서 나는 검사한 모든 자료를 챙겨서 7년 동안 은이를 한결같이 돌봐 주신 주치의 원장님께 갔다. 원장님은 결과들을 종합해서 보시더니 이렇게 말씀해 주셨다.

"이건 자연스러운 노화 과정들이에요. 이제 이 정도 노화는 좀 받아들이셔야죠. 심장도, 신장도, 비장 결절도 열살 넘은 강아지들에게는 자연스럽게 오는 변화라고 봐도 무방할 정도예요. 사람도 중년이 되면 몸에 작은 혹이나 결절이 많이 생기지만 그냥 관찰하면서 지니고 살잖아요. 심장도 약해지고요. 그렇게 받아들이시고 잘 관리하면 돼요. 이만하면 은이는 건강한 편이랍니다."

원장님의 이 말은 나를 안심시켰고, 내 마음을 돌아보게 했다. 두 병원에서 모두 은이의 질환들은 추적 관찰이면 충분하다고 했지만, 나는 지금 당장 큰일이 생길 것처럼 두려워하고 있었다. 특히 비장 결절이 가장 무서웠는데 이는 내 마음의 상처와 관련이 깊었다. 나는 30대 초반에 어머니를 암으로 잃었다. 그로부터 7년 후에는 아버지를 또 다른 암으로 잃었다. 부모님의 암 진단과 투병 과정을 지켜보면서 나는 암이 얼마나 무섭고, 고통스러운 병인지를 체험했었다. 그래서 내 몸에 작은 변화만 생겨도 '암이 아닐까'

하는 두려운 마음에 병원으로 직행하곤 했다. 이런 마음이 은이에게도 투사된 것이었다. 나의 두려움과 걱정은 은이의 몸 상태에 따른 것이라기보다는 내 마음속 트라우마로 인한 부분이 더 컸다.

그런데 은이는 달랐다. 은이가 아파 보였던 건 IBD 진단을 받고 구토를 하던 며칠간, 그리고 디스크로 인해 스테로이드 약물을 복용했던 일주일간이 전부였다. 구토가 멈추고 디스크 통증이 사라진 후, 은이는 아무 일도 없었다는 듯 또다시 발랄하게 지내고 있다. 매일 나가는 산책길의 풀 냄새도, 날마다 먹는 똑같은 사료도 처음인 것처럼 즐기고, 집에 새로운 물건이 배달되면 호기심 어린 눈빛으로 탐색한다. 발걸음도 꼬리도 커다란 까만 눈도 지금-여기에 머물며 현재를 충만하게 살아 내고 있다.

그 아픔까지 사랑한 거야

나와 은이의 대비되는 모습을 알아차리자 그동안 읽었던 책의 몇몇 구절이 떠올랐다. 《좋은 생명체로 산다는 것은》을 쓴 동물 생태학자 사이 몽고메리는 자신의 반려견 테스가 노화로 청력과 시력을 상실해 가는 과정을 겪어 내면서 이렇게 적었다.

나는 나 자신이 슬펐던 것이다. 어리고 힘이 넘쳤던 나날, 인간을 초월하는 청각, 어둠 속에서도 빛을 발하던 시절이 그리웠던 것은 나였다. 테스의 초능력에 편승해서 여기저기 돌아다니던 시절이 그리웠던 것이다. 나는 슬펐지만 테스는 그렇지 않았다. 테스를 보면 그녀가 행복하다는 사실을 알 수 있었다. 꼬리를 살랑살랑 흔들었으니 말이다. 얼굴의 미소, 귀의 움직임, 여유로운 몸짓 등 온몸이 만족감을 뿜어내고 있었다. 테스는 그저 무언가를 쫓거나 뛰고 싶지 않았을 뿐, 그녀의 삶은 여전히 풍족하고 흥미로웠다.[1]

김보경 작가도《동물을 만나고 좋은 사람이 되었다》에서 19년을 함께한 반려견 찡이에게 이런 걸 배웠다고 했다.

찡이는 19년의 짧은 시간 안에 생로병사를 보여 주면서 삶의 과정을 자연스럽게 받아들이라고 알려 줬다. 나이 들어 병이 생기고 거동이 불편해져도 찡이는 자기 연민이 없었다. 자신에게 닥친 일을 숙명처럼 묵묵히 받아들였다. 찡이는 평생 동안 매 순간 최선을 다하는 삶을 살더니 나이 듦을 받아들이는 태도도 지혜로웠다.[2]

정말 그랬다. 나는 질병과 노화 앞에서 죽음을 떠올리며 불안해했지만, 은이는 이 모든 것을 자연스러운 것으로 받아들이고 있었다. 자연의 일부로서 숙명을 기꺼이 수용하고 지금-여기서의 삶을 마음껏 누리고 있었다. 상담심리사로서 내담자에게 늘 말해 주는 정신 건강의 핵심인 '한계를 수용하고 현재에 사는 것'을 은이는 몸소 실천하고 있었던 것이다. 나는 이런 은이를 보며 또다시 배웠다. 순리를 따른다는 게 뭔지 말이다.

　　동물 호스피스를 운영하고 있는 리타 레이놀즈는 저서 《펫로스: 반려동물의 죽음》에서 동물들은 죽음을 또 다른 삶으로 건너가는 자연스러운 과정으로 받아들인다고 했다. 레이놀즈가 보살핀 동물들의 마지막을 담은 이 책을 읽다 보면 정말로 슬픔보다는 평화가 마음을 감싼다. 그렇다면 노화를 두려워하고, 죽음을 피하고자 하는 것 역시 인간만의 생각, 그러니까 인간 중심적 시선이 아니었을까. 은이와 살면서 동물들이 인간 중심 세상에서 겪는 불편들을 줄여 주고자 고민해 왔으면서 노화와 죽음은 여전히 인간 중심적인 시선으로 바라보고 있는 내 모습이 보였다.

　　이를 깨달은 후 나는 노화와 죽음을 피하지 않고 살펴보기로, 은이의 입장에서 노화와 죽음이 의미하는 게 무엇인지 직면해 보기로 마음먹었다. 용기 내 펫로스에 대한 책들을 찾아 읽고 있는데 신기하게도 두려운 마음이 점점 사라져 가고 있다.

반려동물과 사람의 시간이 다르다는 걸 모르는 반려인은 없다. 아마도 반려인이 되기로 마음먹은 순간, 우리는 상실의 아픔까지도 사랑하기로 결심한 것인지도 모른다. 요즘 나는 필연적으로 맞닥뜨려야 하는 상실을 겪어 내고 있는 반려인들을 상담심리사로서 돕고 싶다는 생각도 한다. 이렇게 은이는 노화와 죽음에 대한 '수용의 범위'마저 확장시켜 주었고, 상담자로서도 나를 성장시키고 있다.

지금 이렇게 글을 쓰고 나니 한결 마음이 가벼워지는 것 같다(역시 직면은 불안한 마음을 달래 주는 최고의 처방이다!). 그리고 철학자 마크 롤랜즈가 《철학자와 늑대》에 쓴 한 문장이 떠오른다.

누군가를 기억하는 중요한 방법은 그들이 형성하도록 도와준 나의 모습으로 살아가는 것이다.[3]

작은 강아지 은이는 나를 인간 중심의 시선에서 해방시켜 주었다. 나와는 다른 종의 동물들을 연민의 마음으로 바라보게 했고, 이렇게 일깨워진 연민의 마음은 소외된 자리에 있는 다른 존재에게도 내 마음을 열게 했다. 또한 인간이 지닌 가장 근본적인 불안인 노화와 죽음에 대한 두려움을 직면하면서 현재를 사는 법도 알려줬다. 롤랜즈의 말대로라면 은이로 인해 형성된 이런 것들을 더 진실하게 실천하며 사는 것이야말로, 은이를 영원히 기억하며 그 사랑에 보답하는 길일 테다.

그래서 나는 다짐한다. 지금 여기서 힘껏 더 많이 사랑하면서 좀 더 좋은 생명체로 살아가겠다고. 사랑엔 나이 듦의 과정에 기꺼이 함께하고, 언젠가 맞이할 그 순간에 편안하게 반려동물을 보내 주는 것까지 포함된다는 것을 이젠 받아들일 수 있다. 은이는 이 모든 것을 가르쳐 주려고 내게 온 존재이니 말이다.

주

저자의 말-은이 눈에 비친 나

1《동물을 만나고 좋은 사람이 되었다》, 김보경, 131쪽, 책공장더불어

1장 한 존재가 오는 일

에피파니의 순간

1《안녕하세요, 비인간동물님들!》, 남종영, 6~7쪽, 북트리거

내게 이런 감정이 있었다니

1《개와 함께한 10만 시간》, 엘리자베스 마셜 토머스, 188쪽, 해나무

2장 더 좋은 사람이 되어야지

캐나다에서 있었던 일

1《동물과 함께하는 삶》, 아이샤 아크타르, 213쪽, 도서출판 가지
2《개와 나》, 캐럴라인 냅, 51쪽, 나무처럼(알펩)

반려인이든 비반려인이든

1《동물에 대한 인간의 예의》, 이소영, 19~20쪽, 뜨인돌

2《동물에 대한 인간의 예의》, 이소영, 61쪽, 뜨인돌
3《동물을 만나고 좋은 사람이 되었다》, 김보경, 234쪽, 책공장더불어

3장 다른 세상을 열어젖히다

혐오의 발견

1〈활동가들의 경험을 통해 본 동물권운동의 의미 변화 과정〉, 조중헌,
  2013, 7쪽, 한양대학교 박사 학위 논문

학대와 욕망은 한 끗 차

1《개는 개고 사람은 사람이다》, 이웅종, 89쪽, 쌤앤파커스
2《동물에 대한 인간의 예의》, 이소영, 216~217쪽, 뜨인돌

나를 비추고, 성장시키고

1《개와 나》, 캐럴라인 냅, 101쪽, 나무처럼(알펌)
2《동물을 사랑하면 철학자가 된다》, 이원영, 69~70쪽, 문학과지성사

그래도 사람이 먼저일까?

1《우리를 구할 가장 작은 움직임, 원헬스》, 듣똑라, 62쪽, 중앙북스
2《나는 반려동물과 산다》, 박종무 외 9인, 140쪽, 다산에듀

모두 스러지는 존재

1 《좋은 생명체로 산다는 것은》, 사이 몽고메리, 134쪽, 더숲
2 《동물을 만나고 좋은 사람이 되었다》, 김보경, 128쪽, 책공장더불어
3 《철학자와 늑대》, 마크 롤랜즈, 72쪽, 추수밭(청림출판)

개와 살기 시작했다

초판 1쇄 발행 2023년 2월 28일

지은이 | 송주연
펴낸곳 | (주)태학사
등록 | 제406-2020-000008호
주소 | 경기도 파주시 광인사길 217
전화 | 031-955-7580
전송 | 031-955-0910
전자우편 | thspub@daum.net
홈페이지 | www.thaehaksa.com

편집 | 조윤형 여미숙 김선정
디자인 | 이영아
마케팅 | 김일신
경영지원 | 김영지

값 14,000원
ISBN 979-11-6810-131-9 03810

도서출판 날은 (주)태학사의 인문·에세이 브랜드입니다.

책임편집 고여림
디자인 이유나